ハイジをいじめた人

大塚 智恵子
Chieko Otsuka

文芸社

ハイジをいじめた人

（一）

『ハイジ』というアルプスの少女のお話に、ハイジをいじめる憎たらしい女がいたのを覚えていますか？

ロッテンマイヤーなんて仰々《ぎょうぎょう》しい苗字でしたが、実は〝エリカ〟という可愛いファーストネームがあったんです。似合わないですって？　はい、自分でもそう思います。つまり私がその当人のエリカ・ロッテンマイヤーで、そもそもどういう経緯《いきさつ》でハイジやクララと出会い、二人がその後どうなるのかお話しすべきかと、厚かましくもしゃしゃり出て参りました。

頃は十九世紀後半、ドイツはフランクフルトの地で、私は屈指の名家に家政婦兼養育係として働いておりました。当家の令嬢クララ様が、誰も想像していなかった〝奇跡〟を為されたことから、私の運命が大きく揺らぎ始めます。

この吉報は街の人々も驚かせ、素直に喜びもしてくれました。私は立場上率先してお祝いの旗振り役を果たさねばならないのですが、内心は全く逆で、足下がガラガラ崩れかける絶体絶命のピンチでした。つまりクララ様の足が永久に萎《な》えたままが、私の身分の安全を保証することでもあるのです。

旦那様が我が娘の奇跡の回復を目《ま》の当たりにされ、歓喜と興奮で珍しく声を張りあげていらっしゃいました。その傍《かたわら》で、私は耐えきれず床にくずおれてしまいました。

「ロッテンマイヤーさん、あなたの長い間の努力と苦労が報われましたね。母親同然にあの子を慈《いつく》しみ育ててくれた、それだからこそ、今日のこの幸せがあるんです。本当に長い間ありがとう！」

旦那様は、まさか私が失職に怯《おび》え身も世もなく落涙《らくるい》しているとは思いもなさらず、どこまでも丁重に接して下さるのです。

屋敷の主と養育係がゼーゼマン家始まって以来のお慶《よろこ》びに浸《ひた》っているのを、廊下で控える従僕のセバスチャンと小間使いのチネッテが、同様の嬉し涙にくれて見ていました。ことにセバスチャンは最近膝《ひざ》の調子が悪く、クララ様を抱きかかえるのがつらくなっていただけに、嬉しさもひとしおなのです。普段はにこりともしないチネッテまで、セバスチャンにつられ、鼻をグスングスンやっています。

今回の騒動で一つだけ良かったのは、決定的瞬間のその場に私が居合わせなかったことです。実際この直前までアルプスの傾斜地に大奥様とご一緒におりましたが、高齢の大奥様と私は一足先にドイツへ帰りました。もしそれを目撃していれば、私は恐ろしい失態を演じ、どんなことになっていましたやら。

「ロッテンマイヤーさん、どうしました、顔が真《ま》っ青《さお》ですよ」

旦那様の声が耳もとでワッと響き、ハッと気づいて我に返りました。絶望の淵《ふち》に引きずり込まれ失神していたのを、旦那様の大声が正気に戻したのです。

「あの、私、突然のことで気が動転したようで、勝手でございますが、自室に下がっても構いませんでしょうか？」

これ以上いると予測のつかない醜態になりそうでした。

「ええ、ええ、いいですとも。長い間の疲れが出たんですよ。どうぞゆっくり休んで下さい」

旦那様という方は誰方《どなた》に対しても、いつもとても寛容で、よほどのことでない限り、本当に完璧に近いほど紳士でいらっしゃいます。

それ以来、祝賀気分一色で屋敷中が華やいでいる中に、私独り自室へこもり悶々《もんもん》としておりました。そこへチネッテが荒々しい足音を立てて入ってきて、

「応接間の壁紙、どれにするんですか。早く決めてもらわないと困るんですけど」

と、いつも不貞腐《ふてくさ》れてニコリともしない娘が、偉そうに命令口調で言います。柄《がら》にもなく祝賀気分に染まって浮かれているのです。

この前も食堂の衝立《ついたて》を隔てた所で、「ねえねえ、セバスチャンさん、近頃のロッテンマイヤー女史、どうかしてるんじゃない？　あたいが注意しないとカーテンも開けないし、顔も洗わないのよ。あの人、やる気あんのかね！」と鬼の首でも取ったように得意気に告げ口しているのです。聞いていたセバスチャンは、温厚そうな声音で、「そうかい。だがね、わしはわかる気がするね。女史はね、ここまで来るにゃ、そりゃ並大抵じゃなかったろうからね、若い女の身でさ」と答えていました。

セバスチャンは四十年近く屋敷で勤め、酸《す》いも甘いも噛み分けた苦労人です。自分の娘ほどの年若い私が、自分より後にやってきて、養育係はもとより、家中の采配を振る家政

婦として君臨するのですから、決して快く思えないでしょう。

しかし彼は知っていました。私がどんな素性《すじょう》の人間で、どういう経緯でこの屋敷に来たか。彼の温かな人柄は、そんな私を寧《むし》ろ見守るような眼差《まなざ》しに込められていました。

（二）

父と母が流行病《はやりやまい》で亡くなった時、私はまだ乳飲《ちの》み子で、父の妹である叔母《おば》が親代わりとなって十三歳まで育ててくれました。この叔母が私の人格形成上非常に大きな影響を及ぼすのですが、今となってはそれが良かったのか否《いな》か考えさせられます。

父方の出自は小さいながらも名家だったらしく、叔母はその流れを汲むというプライドに支えられ、貧しい鍛冶屋《かじや》の女房でありながらも一本筋が通った人でした。

私を育て始めて間もなく、叔母は諦《あきら》めていた実子の、それも息子二人を次々と出産し、私も幼少の頃から子育てに加わりました。兄夫婦の忘れ形見の私をもらい受け育てた当初、叔母は我が子同然に可愛がってはくれたのでしょう。お腹《なか》を痛めた実の子の出現で、彼女の中の優先順位が整理されたのは事実ですが、かといって実の子だけを可愛がるでもなく、年嵩《としかさ》の私にそれなりの分別と義務は求めるという冷静さでした。苦しい家計の中から私を学校へ通わせてくれ、これは終生忘れてはならない叔母への恩です。

「いいかい、エリカ。あんたはいずれ、ここを出て独りで生きていくんだ。誰にも頼らずたった独りでね。だから女だって学問をしっかり身につけておけば、気概を持って堂々と生きていける」

叔母は、私に向学心があり、その機会を与えるに足る人間だと見定めた上で通学させてくれました。それは、果たせぬ自分の夢を姪《めい》の私に託したい叔母の一途《いちず》な気持ちだったのかもしれません。

ただ、叔母は三人目の女の赤ん坊を産んですぐ、産褥熱《さんじょくねつ》で呆気《あっけ》なく逝《い》き、やんちゃ坊主二人と乳飲み子の世話が、たった十三歳の少女の肩にどっとのしかかってきました。

義理の叔父という人はごく平凡な男で、叔母存命の頃はしっかり者の女房に全て任せきり、自分は一年の大半を出稼ぎの気楽さで生きていました。女房の死後、さすがに年端《としは》もいかぬ姪に子供三人を押しつけるわけにもいかず、腰を据え、細々と鍛冶屋の仕事を営むことになりました。

私は叔母夫婦に育ててもらった恩を小さいながらも自覚していましたので、家事から子育てまで大変でしたが、続けて通学を許してもらえただけで耐えていけました。叔父は仕事熱心で真面目で、毎日黙々と槌《つち》を打つ筋肉質な背中に、私は一点の疑いも嫌悪感も見出《みいだ》せませんでした。

月日は流れ、叔父はやもめの淋しさからちょくちょく夜遊びするようになりましたが、それも町の酒場へほんの少し酔わせてもらう程度の温和《おとな》しいものです。叔母の死後三年は特に何もない平穏な日々で、私が十七歳になろうかという年のある初夏の宵《よい》のことです。

いつものように叔父が酒を求めて出かけた留守《るす》の間の絶好の勉学時間を、三歳の末っ子を寝かしつけ、いそいそ灯《あか》りに寄って読書にふけっていましたら、バタンバタンと叔父の酔った時特有の荒っぽい足音と、ぶつぶつ独り言の二重奏が聞こえました。

ああ帰ったのか……と半ば落胆し半ば緊張の状態で、早く床に就いてくれるのを願っていると、閉じたはずの扉が急に開き、スーッと風が通り抜け、その風が叔父の放つ何かの臭いとわかったとたん、私の心臓は激しく打ち始めました。全身を震えが襲い、叔父の手が私の肩を掴《つか》み熱い息を吹きかけてきた時、とっさに立って椅子がすごい音で倒れました。末っ子の「ギャーッ」という叫《さけ》び声がして、

「お姉ちゃん、エリカ姉ちゃん、どこ、どこにいるの、恐いよう！」

と、小さい手が私を見つけかじりついてきました。

「おおよしよし、ここにいるよ。いるからね、大丈夫よ」

末っ子をしっかり抱き背中を撫《な》でてやりながら、私自身も震えが止まらず、小さい子の体の温《ぬく》みに救われる思いでした。

完全に毒気を抜かれた叔父は、放心したようにその場を立ち去っていきました。

叔父がもっと好色で邪《よこしま》な人間なら、私の運命は悲惨な方へ流れたことでしょうが、幸い気の小さい善良な人間で、この件を自分でも恥じたのか、しばらく私とまともに目を合わせませんでした。とある日、遠慮がちに叔父が、

「なあエリカ、行ってみないか。お前なら、きっと勤まると思うんだがなあ」

と、予想もしない家庭教師の就職先を勧めてきたのです。

私と一つ屋根の下で暮らす危うさを避け、且《か》つ自分と子供たちにも必要な後妻を迎えるため、私をここから出すのが得策と考えたのでしょう。

家庭教師とはこの当時、貧乏だが少し学問のある若い娘の安全で手堅い仕事でしたが、私には全く経験がなく、見ず知らずの家へ住み込み厳しい評価に晒《さら》されることへの怯えは、

かなりのものでした。

雇い主は、叔父の住む土地も含む広大なこの辺りの地主でした。商才に長《た》けた実力者と周囲の認める人物ですが、不肖《ふしょう》極まりない二人の息子がいて、この不出来な子供に手を焼いていることでも有名でした。

生前叔母は「いずれお前はここを出ることになる」と、私がこうなることを見越していました。女の勘ともいえますが、叔母の聡明さがよくわかります。できることなら叔母を生き返らせて、一緒に学問の道を極められればどんなに楽しい人生だったことでしょう。

（三）

地主でありライン川水運で貿易も手がける地主のたった一つの弱点が、彼の出来の悪い息子たちでした。今まで大勢の家庭教師を雇ったのにそのどれも効果なく、いつまで経《た》っても乱暴で無学な野獣のままでしたから、地主はこの際誰でもよい、女でもというわけで、小娘の私にお鉢《はち》が回ってきたのです。

とにかく息子のどちらか一人でも、せめて人並みに読み書き計算ができるようにとの厳命で採用されましたが、従弟《いとこ》たちを養育したのは温かな血縁の中で恵まれた状況下です。このあまりに厳しい条件で、しかも教える悪童たちと私との年齢差はないのも等しいのです。教育が決して強要や束縛であってはならないと知りながら、この下等な獣を導く方法は、強引さなしであり得ないと思えました。

叔父の庇護《ひご》から外され退路を断たれた今、腹をくくって野獣と対決するしか私の生きる道はありません。この世に生を受けてから今日まで、否応なく孤独と共に過ごさざるを得なかったのですが、追い詰められたこの期《ご》に及び、その悔しさが私をより図太く生きる人間にしてくれました。

学問に関してならどんな難解さも寧ろ喜んで受け入れますが、私には虫、爬虫類《はちゅうるい》、その他小さな獣類を苦手とする欠点がありました。かの悪童はそこを嗅《か》ぎ分けるのに長けていて、敵ながらも実にうまくその点をついてくるのです。

読ませようと開いた書物にぺしゃんこの蜘蛛《くも》だの蛾《が》だの毛虫だのがあり、手袋にミミズ、帽子の中に蛙《かえる》、上衣のポケットにはてんこ盛りの団子虫など仕込んであって、そのたびにあげる私の悲鳴が兄弟を喜ばせました。食器に虫が浮いて三度の食事をとれないなどはしょっちゅうで、神経の休まる時がありません。唯一眠りの床に就くまでの悪戯《いたずら》だと安心して横になっていたベッドにまで、私の最も恐れる蛇《へび》を仕込まれた時には本当に絶命するかと思うほど驚き、その後随分長い間後遺症が続きました。

連日の耐え難い嫌がらせでノイローゼすれすれの教師生活も二年近くが過ぎた頃、ある事件が起き、なんと兄弟の一方を勉強好きにさせることになりました。

あらましは、こうしたことでした。

地主が以前から欲しがっていた銀の細工物がやっと手に入り、その夜は祝いの酒盛りを開きました。したたかに主人も客も酔ってふと気付いた時、お宝の銀細工がなくなり、汚い皮袋だけ残されていました。客の誰が盗んだのか全くわからず、地主は悔しがって皮袋を床に投げ捨てました。

翌朝、私は床に落ちている袋を拾い何気なく裏返しましたところ、辛《かろ》うじて判読できる文字が見つかりました。私の持つ知識を総動員して読める範囲の文字でしたが、それはラテン語で書かれた、領主らしき人物の部下への下賜状《かしじょう》のようでした。恐る恐る地主にその旨《むね》告げたのですが、フン！　と鼻で笑われてしまいました。

かなりの日数が過ぎ、この件をすっかり忘れていた頃、

「先生、ロッテンマイヤー先生」

今まで私を「おい」としか呼ばない地主に呼び止められ、面食らっていると、例の汚い皮袋の文字は、中世のある領主が書いたものだということでした。中身の銀細工品より何

倍も骨董《こっとう》的、学術的価値のあるもので、私の進言により地主は大層な目利きと仲間内で評判になったそうです。

あと一歩で貧しい女教師はお払い箱の憂《う》き目《め》でしたが、父親の私への態度が激変して、下へも置かぬ丁重さで尽くす姿を目にし、特に兄の方が学問の大切さに目覚めました。たちまち彼の目を蓋《おお》っていた無学の暗雲が非常な勢いで去り始め、勉強へ突き進む気迫が満ちてきました。それを境に悪戯嫌がらせ乱暴がピタリと止み、続いて弟の方も兄を見習って書物を開くありさまです。

この二つの無知蒙昧《もうまい》な魂の驚くべき変化を見て、私はあらためて、学びたいという強い意欲が知へ結びつく最も早い道であることを知りました。後年、風の便りで、父親の地主の跡を継ぎ、兄弟協力して家業を盛り立てたと聞いています。

兄弟二人は順調に勉学に励み、私の教師としての任期も終わりかけ、次なる就職先を見つけなくてはなりません。そんな時、何かしら心に引っかかるのは、教える対象の性別でした。この時は深い意味もなく、単に男嫌いのせいだと思っていましたから、次からは女の子に限定して再出発を決めました。

日に日に立派になる息子たちに満足した地主は、私へ厚い信頼を寄せる俄《にわ》か信奉者でしたから、貿易商仲間でもとびきり有力で高名な大富豪、ゼーゼマン家へ繋《つな》ぐ道筋をつけてくれました。そこは私の要望の女の子の家庭教師という条件にも叶《かな》っていました。

フランツ・ゼーゼマン氏はやもめで、一人娘の令嬢は足が不自由です。この娘の養育が主なものですが、屋敷全体を取り仕切る家政婦を兼務できるならなおよいと言うのです。並の女では荷の重すぎる仕事には、それに見合う報酬も保障されており、無謀なのは充分承知しながら、私は生来の負けん気でフランクフルトへと赴《おもむ》きました。

教育も子育ても家事運営も、今までと勝手の違う上流家庭でどこまで通用するかなどと考え迷っている余裕などなく、ともかくも乗りかかった船でしたが、私の中の意識の深いところで一つの思いがありました。それは叔父一家の住む土地から一刻も早く離れたいという気持ちでした。

（四）

まるで城壁のようにそびえ立つ屋敷の前で、足下から這《は》い上がる初冬の冷気に身震いしながら待つうち、開いた重々しい扉から人懐《ひとなつ》っこい笑顔の従僕が招き入れてくれました。彼がセバスチャンです。

入るとすぐ左に金属製の人型鎧《よろい》が立っていて、腰が抜けそうに驚かされます。館内は全体が輝き溢《あふ》れる照明のせいか眩《まぶ》しいぐらいに明るく、中央に天まで届く広い長い階段が続いています。

小部屋で待って間なし、主人に取りついだセバスチャンが傍へ来て、言いました。

「緊張してるようだけど、大丈夫。大奥様は世間で噂《うわさ》するような方じゃない。ご立派でお優しい、とてもいい方だから、安心おし」

「ハ、ハイ！」

小娘のような上擦《うわず》った声で答えながら、手の中の母の形見の時計を一層《いっそう》強く握りしめました。

そこへ衣擦《きぬず》れの静かですが滑るような音と共に、老婦人が入ってこられました。私はかなりの近視でメガネをかけていましたが、その婦人がみるみる白っぽい煙に包まれたのは、私の興奮と緊張と感動の三《み》つ巴《どもえ》の吐息がレンズを曇《くも》らせたからです。

「ロッテンマイヤーさんね。こんな寒い日に呼びつけてごめんなさいね」

「あっ、いえ、そんな、ちっとも……」

大奥様はくどい説明や会話は省く方のようで、自分の後について階上へ行こうという仕種《しぐさ》で先に行かれます。私も後に続きながら、過去に見たこともない大邸宅の内部へ目を奪われていました。


ようやく着いた三階の奥まった部屋に通された時、その光景はまさに夢の世界としか思えない雰囲気と華やぎと心地良さで横溢《おういつ》していました。

淡く繊細なレースが幾重《いくえ》にもなった天蓋《てんがい》付きのベッドの枕に、金色の巻き毛も愛らしい小さな顔が埋まっています。オモチャの人形だとしても納得できるほど、壊れものの極上の生きた美しい人形でした。

「まあっ、何とお可愛らしいお嬢様！」

四歳と聞いていたその女の子は眩しそうに私を見、そこは良家の育ちの良さでしょう、少し首をかしげ会釈《えしゃく》を返してくれました。

透き通った青い瞳に吸い寄せられたように、私は我知らずベッドの脇へ跪《ひざまず》き、少女を凝視《ぎょうし》しました。完全に少女と二人だけの世界に浸っていたのか、老婦人の言葉は耳に入りません。

「この子をつい甘やかしたくなる気持ちはわかりますが、必要以上に不憫《ふびん》がるのはためになりません。当然必要な道理や義務、他への配慮をしっかり身につけさせないと。聞けば、叔母様の家で苦労なさったとか。お若いのに子育てや教育の経験もあるとかで、私はとてもその点が気に入りました。この子をお任せしたいと思いますが、どう、やってくれますか？」

人形のように可愛くいたいけな少女に巡《めぐ》り会《あ》うための今日までの日々だったのかと、私は動かしがたい運命の力に心底納得していました。恍惚《こうこつ》状態がどれほど続いたのか、ふと背後の老婦人の声と気配に気付きました。

「こちらのお嬢様のお世話を、是非この私にお命じ下さいませ。誠心誠意やらせていただきます」

ほとんど神憑《かみがか》り的に嘆願する私を、老婦人は深い眼差しでじっとご覧になっていました。おそらく初対面からの私のクララ様に対する掛け値なしの愛情を、じっくり見定めておられたのだと思います。


ゼーゼマン家は現当主のフランツ・ゼーゼマン様で三代目になる貿易商です。先代の時飛躍的に発展拡大し、今でこそ第一線を退いておいでの大奥様がその陰の立て役者だと、世間での専《もっぱ》らの評判です。そう聞くとさぞいかつい女かと思われますが、それ等を全く感じさせない手弱女《たおやめ》ぶりが、更に人間的魅力を増幅させます。

何より大奥様は人を見る目が確かです。一見無謀で奔放《ほんぽう》な決断に見えて、最後は想定以上の成果で大団円《だいだんえん》となるのです。

その顕著《けんちょ》な例が、クララ様の遊び相手として登場するアルプスの少女ハイジです。ハイジに出会った当初、私がそれまで持っていた子供の枠《わく》になぜこうも納まらないのだろうと腹立たしくさえ思って、随分いらいらさせられました。

ハイジは、生まれたままの純粋で真《ま》っ直《す》ぐな人間性を軸に、あくまで健全で強い生命力が肉体に備わる、本物の天使の化身《けしん》かとも思わせられる子供でした。

クララ様のお相手として田舎《いなか》からやってきた少女が、まさか奇跡を起こせる張本人だとは大奥様でさえ予想なさらなかったでしょうが、結果的に、萎えた足に再び歩行の意欲を吹き込んだ力の大半が、ハイジの功績によるものなのです。長い人生経験と深い洞察力で少女ハイジをご覧になっていて、愛《いと》しい孫の回復をもたらしてくれた子は、大奥様にとって孫と同等に愛すべき存在となったのでしょう。

そしてクララ様という、私の生涯を決定づける運命の存在に出会えた今日までの幸福が、皮肉なことにクララ様の歩行回復のとびきりの吉報で断ち切られんばかりの瀬戸際に、私を追い込んでいました。

明けても暮れても受け入れ難い現実にもがき苦しみ悶々とする私を、勝ちほこったようにチネッテが嘲笑《あざわら》います。

この誠に不様《ぶざま》な体《てい》たらくが大奥様や旦那様に知られるに至り、とうとうご主人方の前に引き出される日が来ました。

（五）

温泉地での保養から戻った大奥様と、海外買付けの用を済ませた旦那様お二人が揃って在宅というのは珍しいことで、これは数日後に控えたクララ様の祝賀パーティーのためでした。

「旦那様たちがお待ちですよ」

寛《くつろ》いでいらっしゃる居間へチネッテに促され、私は刑場へ引き出される罪人の如《ごと》くお二人の前に出ていきました。

「まあ、ほんと、顔色が冴《さ》えないわ」

いつも通り穏やかな大奥様のお声です。

「病気じゃないかって、クララも大層心配していますよ」

旦那様は大奥様似で端正な優しいお顔立ちと、よく通るバリトンのお声です。こんなお二人との心地よい生活も終わってしまうのかと思うと、絶望の淵へ否応なく引きずり込まれていきます。

「ねえ、ロッテンマイヤーさん。今回のことでは、あなたの長年の苦労の積み重ねが実った証拠ですから、私たち、是非あなたにお礼をさせてもらおうと思ってね。今後のことはさておいて、どうかしら、疲れを癒すのにラガースへ骨休めなんてのは。年寄りの温泉保養みたいでいやかしら？」

「そりゃいいですね。今までクララにかかりきりで、ろくに遊びも旅行もしてないんだから、この際のんびりすればいいよ、後のことはこっちで何とかする。新しい者を雇うからね」

私の存亡がかかった重大な局面に、このお二人のあっけらかんと、まるでピクニックの相談でもするような呑気《のんき》さは、少々神経にさわりました。

「いえ、お気持ちは嬉しいですが、とてもそんな気にはなれません」

「でもあなた、相当疲れていますよ。本当に病気になりますよ」

「いえ、温泉だなんて、そんなことしてる場合じゃございません」

大奥様の表情が少し曇りました。

「場合じゃないって、他に予定でもあるの」

「予定なんて、そんなものあるわけが」

失職を目前に右往左往《うおうさおう》する自分に比べ、この人たちは何とのどかに鈍感にいられるのかと、いよいよ腹が立ってきました。

「大奥様、旦那様、おっしゃる通り、養育の必要性はなく、私の役目は終了です。となりますれば、次の職場への推薦状《すいせん》と、これまでの働きに相応《ふさわ》しいものを頂戴《ちょうだい》致したく存じますので、宜《よろ》しくお取り計らい願います！」

明らかに怒気を含む口調に旦那様は、優しい表情を一変なさいました。

「こりゃ、何と心外なもの言いだね。よそへ行きたいなら、結構。いつでも推薦状は書くし、働きに匹敵する以上のものは出すつもりでいるから、心配しなくていいよ」

やや興奮気味の旦那様を制するでもなく、大奥様は黙って考え込んでおいでです。

「私は、悠長に温泉につかっていられる身分でも心境でもありません。何が旅行ですか！こっちは直ぐにも次の勤め先を探さなきゃならない、働いて食べていかなきゃならない身なんです」

押さえ難い胸の思いを吐き出すつもりでしたが、あまりの惨《みじ》めさで嗚咽《おえつ》が喉を締めつけ、怒りが涙に変わるギリギリのところを辛うじて耐えていました。

私がばらまいた真っ黒な空気が部屋中に充満し、旦那様はサッと立ち上がり窓側へ歩まれます。

「あなた、本心でここを出たいと思っているの、そんなに別の仕事がしたいの？」

日ごろ信奉する大奥様の言葉ながらもう私は限界でした。

「何をおっしゃるんです！　暇《ひま》をお出しになったのはそちらじゃありませんか。新しい者を雇うとさっきそう……」

「バカな!!　何を言ってるんだ」

カッと目をむいて旦那様が私を睨《にら》みつけました。

「誤解だ誤解だ！　いいかい、新しく雇うというのは、祝賀パーティーの手伝いの者だ。あなたは、きっとまた無理して準備に奔走《ほんそう》するだろうから、臨時に人手を増やし、あなたを休ませようと思ってたんだ。温泉辺りで休めば、具合もよくなるだろうと。あなたを解雇しようなんて、私たちは夢にも思ってないよ。第一、私たちはあなたを、使用人とは思ってない」

私は体がブルブル震えものが言えない状態で、旦那様の言葉が涙声なのも聞こえないくらい、驚きで圧倒され立ち尽くしていました。

いっときの張りつめた空気がゆるみ、窓外の小鳥のさえずりが聞こえました。やっと落ち着きを取り戻してこれだけ言うのが精一杯でした。

「では、私、こちらに、こちらに置いていただけるのですね」

「当たり前です。一体何を考えているんですか、あなたっていう人は。ここに置くなんて話じゃありません。ここにいる、ここの人なんです」

元通りの温顔《おんがん》に戻った旦那様の表情に、少年のようなはにかみが浮かんでいました。

ずっと黙って様子を見ていた大奥様が、会釈して出ようとする私を引き止められ、手を取って椅子へ誘導されました。そして深い息を一つなさってから、

「ロッテンマイヤーさん、あなたはこれまで、たった一人で、本当に逞《たくま》しく強く生きてきた方ね。いつも常に緊張状態で身構え、どんな逆境でもひるまず乗り越えてこられたのね。若い女の身で、それがどんなに辛く苦しいことだったたか、大体想像はつきます。きっとあなたは二四時間、自分の身を鉄の鎧のようなものでがっちり守り固めていたのよ。丁度うちの玄関のあの鎧みたいなものをね」

と言いながら旦那様と並んでソファに座りなおされました。

「確かに最初、あなたは使用人としてこの家に来たわ。クララのような、特殊な子の養育は、単なる使用人ではとても扱いきれるものじゃありません。そこをあなたは、肉親の私たち以上の深い愛情と誠意で育ててくれました。足の回復なんて予想も期待もなかったものが、ハイジやその他大勢の方々のお力で、本当に夢が現実になってしまったんだから、このたびの嬉しい驚きは、本当に奇跡以外の何ものでもないけれど、その奇跡が起きるまでの長い間、ずっと生命を途切れさせず育て守ってくれた人がいたからこそ、この大きな幸せが実現したのです。たゆみなく努力し愛情をかけ続けてくれた人が、クララや私たちにとって大切な大切な存在であるのは、当然です。あなたはもう、家族なの。私たちの大切な人が、具合が悪くて弱っていたら、心配して何とかしてあげたいと思うのは当然でしょっ！　もうそんなに突っ張っていないで、重い冷たい鉄の鎧なんか脱いで、私たちに甘えて頂戴！」

「お、お、大奥様……」

止め処《とど》なく涙が流れます。

「大体、その暗ーい服、いつもいつもお葬式じゃあるまいし、灰色だか黒だか見分けのつかない鉄鎧みたいなもの着ているのは、あなたくらいのものよ」

大奥様は、子供のように泣きじゃくる私を引き寄せ、しっかり包むように抱きしめて下さるのでした。人前で無防備にここまで泣く自分に驚きながらも、私は自分の中に名状《めいじょう》し難い清涼感が一杯になるのを感じました。

長い年月私の中に溜まった忌《い》まわしくどす黒い涙がドーッと大量に噴き出し流れ落ち、代わって清らかで爽《さわ》やかな歓喜の色をした涙が、新たに生成されたかのようでした。


そしてさらに、世界が変わってしまうことがもう一つあります。人間の精神と肉体の繋がりがこれほど不可解な現象を呈するとは、私自身も驚きでした。

まず生来胃弱で食が細く痩《や》せていたものが、突然嘘のように湧く食欲のせいでモリモリ食べ、それらすべてが美味《おい》しいもので体のあちこちに肉がつきました。そうなると体が温かく軽く、元気が漲《みなぎ》ってきます。ある日、チネッテが、突然駆け寄り、言うのです。

「ロッテンマイヤーさん、熱でもあるんじゃ、顔が真っ赤ですよ！」

あの、他人のことに無頓着《むとんちゃく》なチネッテですら驚くほどの変貌ぶりです。

更なる不思議は、全く興味のなかった庭の花や木の美しさ、空や枝でさえずる小鳥の美声を、気がついたらじっと愛《め》でているのです。恥ずかしながらこの年になってやっと、自然界で営々と続いてきた生命の営みを、憑《つ》きものが落ちたかのように、五感と心で感得できるようになりました。つまりはやっと普通の人間に成長できたということになります。

自分が愛されていると感じることで、肉体までも改造されるということなのでしょう。

（六）

これからお話しするのは、ゼーゼマン家の主治医ノイマン医師に、ハイジのおじいさんが長い手紙を寄こし、ハイジの将来について相談にのってほしいと言ってきた話です。

クララ様の歩行練習にアルプスの山が不向きなのは一目瞭然《りょうぜん》で、それから間もなく、クララ様はアルプスを離れました。

ひと頃の賑《にぎ》わいが去り、ハイジとおじいさんの平和な生活が戻ってきました。この頃、ハイジはこんな風に考えていました。

山も谷も風も雲も、動物や植物、おいしい山羊《やぎ》の乳やチーズの味、良い匂いの干し草のベッド、そのどれもが自分にとって懐かしく心地良いものなのに、なぜ自分はそれを見失って、フランクフルトの固い石壁に閉じ籠《とこ》もっていたんだろう。自分で望まない状況なのに、それ等がやってきて、全く別の知らない世界を自分に次々示していくのは、一体何の意味があることなんだろう、と。

　アルプスで昔通りの生活を始めてから、今まで自分の身近にあった素晴らしいものが前以上に素晴らしく、同時に、違う世界にある違う悲しいこと、恐いこと、苦しいことがなぜあんなにたくさんあって、自分に押し寄せてきたんだろう、今まで何も思わずきたことを、自分でも不思議なほど一つ一つ見つめ直したくなるのは、一体何なのだろう……と、頭の中で日に日にふくらむ疑問にとらわれていました。

　そのことをハイジ本人より、ペーターがまず察知し、一緒に山羊の放牧をする時々に交わす、妙にギクシャクした二人の会話をいつも苦々しく思っていました。

「さっ、ハイジ、お昼、食べようぜ」

「……」

「どうした、腹でも痛いのか」

「えっ、お腹、ペーター、お腹痛いの？」

「ち、違うよ。ハイジが痛むのかって聞いたんだ」

「えっ、誰が、私が、私が痛いって言ったっけ？」

「何を言ってるんだ、俺がハイジに聞いてんだ。あんまり何もいわず、ブスッとしてるから、腹でも痛いのかと思ったのさ」

「あ、そういうこと。いいえ、お腹は痛くないわ。私、この頃、自分で自分の考えてることが、知らないうちにどんどん広がって、次から次にまた別の疑問が出て、頭の中で、疑問の風船がブーッとふくらんで、頭が疑問だらけに爆発しそうになって」

「えっ、な、なんだって、頭が爆発しそうに痛いのか！」

「違うの、頭が痛いとかいうんじゃなくて、頭の中に、わけのわからない渦《うず》みたいなものが、ぐるぐる回って、次から次から疑問が頭をぐるぐる巻きに……」

「えっ、頭がぐるぐる回って、ぐるぐる巻きで苦しいのか！」

「違うの、苦しいのは頭じゃなく、頭の中が、疑問で溢れて、それが解けないから、心が苦しくて……」

「えっ、何だ、頭じゃなく、心が苦しいって、えっ、俺、心の苦しいのなんか、治せないよ！」

「ペーター、そうじゃなくて……いいの、ごめん、もういいの。どこも痛くも苦しくもないから」

こんな調子の会話にペーターはほとほと困り果て、仕方なく恐くて苦手なおじいさんに相談するしか方法がありませんでした。

それを聞いたおじいさんの方も、ペーターに明快な答えを授《さず》けられない自分に狼狽《ろうばい》しました。こんなことは今まで一度もなかったし、おじいさん自身も、最近のハイジがとても不可解でした。

初めのうちは、女の子の成長段階の一つだくらいに軽く考えていました。しかしペーターと同様に、ハイジがぼんやり何か考えている後ろ姿に、近寄り難いものを感じてはいたのです。

アルプスの駆け足でやってくる冬に備え、おじいさんのいつもの木工製品作りが、冬の生活の糧《かて》を得るための重要な作業として毎年続けられていました。おじいさんの頑固で無口な性格の故に、作るどの品も堅牢《けんろう》で狂いがなく、街では評判が高いのです。

幼い頃ハイジは、夕食近くなっても黙って仕事を続けるおじいさんの傍で、空腹をじっと耐えていました。でも最近はハイジも簡単な料理が作れて、おじいさん伝授のチーズ鍋は得意なので、頻繁に食卓に登場します。

今夜もチーズ鍋を二人で味わい、ハイジは洗いものを片付けていました。後ろ向きのハイジがぽつりと言いました。

「私でも、お医者さんになれるかなあ」

おじいさんはちゃんと聞こえたのですが、我が耳を疑って信じられず黙っていると、

「お医者さんになるって、大変なの、難しいの、ねえおじいさん」

「お前が、医者になるっていうのか」

「うん、駄目かしら」

「駄目とは言わんが、簡単じゃないぞ」

「どういう風に、難しいの」

「そうさなあ、まず勉強をたくさんせにゃならん、その種の学校へ入ってな。金もかなりかかるだろうさ」

「私には、できないと思う？」

おじいさんは改めて孫娘ハイジの顔をじっと見つめました。元気そうな肌色と丈夫そうな手足。その瞳は純粋さを物語るままに澄みわたり、そこへ知への好奇心がなおさらの輝

きを与えています。

この山小屋へ来て山羊や小鳥を相手に転げ回っていた自然児に、突然フランクフルトの都会の複雑に屈折した風が取り巻いて、嵐《あらし》のような経験をさせてしまいました。それなのにその激しさを幼い身で受けとめ、人として一番持ってほしい大切なものの片鱗《へんりん》を、早くも心のどこかに探り当てている様子です。

「ここへ戻ってきて、ここにある全部のものが私すごく好きで嬉しいの。こんないい空気や花やおいしい山羊の乳やなんか、病気の人にとても必要だし、喜ぶと思うの。フランクフルトで、私、何かとっても胸が苦しくて息ができなくなった時、クララのお医者さんが、アルプスの、何でもいいから思い出して、気持ちを楽にしなさい、ぐっすり眠って、起きたい時に起きなさいって、優しく背中を撫でてくれたの。そしたらスーッと眠たくなって、目が覚めたら、お腹がすごく空いて、モリモリ食べちゃったぁ!!」

ハイジの一つ一つの言葉は確かに幼いのですが、それよりもっと深いところで、人間に必要なものが何なのか、おぼろげにも理解し始めているように、おじいさんは感じました。

「お医者になったら、私も誰かの役に立てるかしら、おじいさん」

さあそれからのおじいさんの行動は、自身も驚くほど積極的でした。アルプスの山深く孤立無援の隠遁《いんとん》生活を頑《がん》として守り通すつもりが、ハイジの大望を知って柄にもなく張り切りだし、何が何でも医者への到達方法を模索しないでいられなくなりました。そしてノイマン医師へ、おじいさんの精一杯の長い長い手紙を書いたという次第です。

ノイマン医師の返事は、おじいさんが苦もなく読めるよう実に要領よく、簡単に、しかも丁寧な書き方で、医師への手続きを教えてくれていました。そして追伸には、ゼーゼマン氏がハイジの学費その他一切を、喜んで援助する旨も添えてありました。

（七）

一年のうち六月はフランクフルトの街も例外なく、美しさと快適で満ちています。人々はこぞって行楽し花を愛でます。

ゼーゼマン家の以前はおよそこの限りではなく、建物の威厳だけは充分漂わせながらも、淋しく屹立《きつりつ》し内憂を奥深く秘めていたのですが、この十年近くは違っていました。クララ様十七歳の折は待望の社交界デビューがあり、遅れていた青春を取り戻す様々な行事が華やかに続きました。奇跡の回復から十年の歳月が過ぎ、今や娘盛りのクララ様が屋敷全体を飾っておいででした。

一方ではしかし禍福《かふく》はあざなえる縄の如しと申しますように、大奥様の周りに暗雲が漂い、屋敷の深窓を重苦しく閉ざしがちでした。

この方だけはいつまでもお元気でと、無理と知りつつ願わざるをえません。

今日もいつも通り往診なさったノイマン医師と、旦那様が頭を寄せて何か話しておられるのを、私は見まいと素早く通り過ぎようとしましたら、旦那様が、

「ロッテンマイヤーさん、明日、ハイジが母を見舞ってくれるそうですよ」

とおっしゃるのです。

「はっ、ハイジがでございますか?」

「そうなんだよ。今のうちに、母の全ての希望を叶えさせてあげようって、今、先生とね」

「まあぁ、何てそれは、素晴らしいことでしょう。大奥様、どんなにお喜びなさいますか!」

「そうなんですよ、ロッテンマイヤーさん」

近頃めっきり老人ぽくおなりのノイマン医師が、珍しく興奮の面持ちで、

「来ますよ、明日。いやぁハイジはね、僕の友人に任せてるんだが、とにかく熱心で真面目。知識や技術の習得は一挙にできるもんじゃないから、毎日努力し勉強するしかないんだが、あの娘は、人に対する心がとても温かい。これは医を志す者に絶対必要な資質なん

だが、ハイジはそれが無理なく言動に表れていて、友人もハイジを指導するのがとても楽しいし、自分もやる気が出てくると、ベタボメなんだよ」

と言いながら、自身も我が子を自慢する父親のように嬉しそうです。

若い人の思いがけない変化と成長は、ハイジだけではありませんで、あのいつも不貞腐れの無愛想娘のチネッテまで、目を見張る変わり様でした。

ある日チネッテが突然やってきて、泣きながら、大嫌いな親戚《しんせき》が勝手に縁談を決め、すぐ田舎へ帰れと言ってきたので、何とかこれを阻止してもらえないかと私に訴えるのでした。

クララ様の養育真っ最中の頃の私なら、チネッテのように無自覚で他への配慮がゼロのこんな娘は一顧《いっこ》だにしなかったのですが、チネッテでさえ時折私を頼るくらいに、私自身もなんだか成長していたのですね。とにかく旦那様の許可も得て、話がこじれず今まで通り屋敷で働かせてもらえるよう尽力しようと、嫌がるチネッテを連れて田舎の親戚を訪ねていきました。

ところが驚天動地、チネッテは相手の若者に一目惚《ひとめぼ》れ、あれよあれよという間に結婚に進んでしまいました。今では故郷で夫婦仲良く暮らし、子も三人いるというのですから。

その一方では従僕のセバスチャンが、自力歩行可能のクララ様介添え役が放免となったとたん、だましだまし使っていた膝がどうにも動かなくなり、やむなく引退致しました。彼の人柄を如実に語っているように、持てる力のギリギリまで律儀に勤め上げた証拠といえましょう。先頃永眠したとの知らせがありました。


大奥様が待ち焦《こ》がれておられるハイジ訪問の朝は見事に快晴で、心なしかご病人の顔色も少し良さそうでした。

昼近く玄関辺りが騒がしく、クララ様を先頭に私と小間使いの三人が階下へ下りていきますと、そこに女性では大柄すぎる娘が突っ立って、辺りを睥睨《へいげい》するが如く眺め回している傍らで、若い下僕が怯えきっていました。ハイジが私たちを見つけ、

「これはこれは、ゼーゼマン家の皆々様、再び御目文字《おめもじ》の栄《えい》に浴《よく》し、恐悦《きょうえつ》至極にございます」

と、大仰な挨拶《あいさつ》と会釈をし、〝ハハハッ〟と笑いましたので、一同呆気にとられました。

「ハイジったら、何事かと思うじゃない！」

クララ様が笑顔で駆け寄られ、若い二人は直ぐわかり合って、久々の友情を抱き合って交換なさいました。その昔、車椅子のクララ様と、その周りをチョロチョロ走り回ってい
た小さいハイジがいた図がいまだ記憶に新しく、この若くて元気で華やかな娘二人の存在が夢ではないかと、私は目を瞬《しばた》かせていました。

「おっ、ロッテンマイヤー先生、ご無沙汰《ぶさた》しました。先生、なんか前より、お顔が丸く、お月様が突然お陽さまに変身したみたいに、とても明るくお見受けします」

「ハイジ、いいのよ、無理しなくても。怖面《こわもて》で冷たくて、とても嫌なおばさんだったって、本人が一番よく知ってるんだから」

「えっ、ハア……」

「さっ、とにかく急いで。大奥様がお待ちかねよ」

大股で軽々階段を登るハイジと、ひらりとドレスの裾《すそ》を翻《ひるがえ》して跳ね上がっていかれるクララ様、こんな光景を見ること自体、ほんとうに信じられない思いです。

大奥様の容態は決して楽観的なものではないので、医者の卵のハイジは病室近くになると表情が即座に引き締まります。すると中から、

「ちょっと、そこでペチャクチャドタバタしてる子たち、騒々しくて昼寝もできやしない。

悪い子は、お尻ペンペンしますよ！」

なんと、大奥様の昔のままのお小言が聞こえたのです。

「おばあさま、ドタバタの犯人は、このでっかくなった私です。ごめんなさい。ご無沙汰致しました」

ペコリと大きな娘が頭を下げるのを見て、ベッドのご病人はパッと目を見開き、あの優しい笑顔にポロポロ涙をこぼしてご覧になりました。

「ハイジ！　まあ、ほんとに大きく立派に成長して、お医者の卵だなんて、信じられない。夢を見ているようよ、ハイジ」

枯木のように弱々しくなられた大奥様を、これまた後ろ姿がアルプスのおじいさんそっくりのがっしりとした背中のハイジが、こわれものを抱くように優しくそっと抱きしめます。溢れる嬉し涙がその場の全員に伝染しました。

（八）

「ところで、どう、お医者の勉強は？」

「はいおばあさま、とっても大変です。覚えなくちゃならないことが山のようで、そのどれ一つも重要なことで、医術の習得も並大抵じゃありませんから、私、寝る間も惜しんで頑張ってます」

「寝ずに頑張ってるにしては、とても顔色がいいし、この腕っぷしの逞しいところなんか、アルプスのおじいさんそっくりね！」

「えっ、おじいさんに似てるなんて、いや、いやだあ、おばあさま」

若い娘らしくハイジの恥ずかしがりように、その場の空気が一層和《なご》みます。大奥様はこんな切羽詰まった状況下でも、人を逸《そ》らさぬ配慮や工夫のずば抜けたお方です。どんなに心を閉ざした人も、大奥様のペースにすぐ乗ってしまいます。

田舎娘のハイジが慣れない大都会の生活で戸惑い傷つき、精神の域まで病みそうになった時、溢れるばかりの慈愛で純真無垢《むく》な魂を病魔から奪還なさったのです。ノイマン医師の適切な医術と相俟《あいま》って、お二人の力が、幼いハイジを健全な子供へと軌道修正させたといえるでしょう。

苦しみ悶《もだ》える人、肉体の病魔にとりつかれている人たちに寄り添い、自分を投げ出してでもその人たちを支えたいと医学を志したハイジの思いは、実にこのお二人から受け継いだものに違いありません。

「おばあさま始め、ゼーゼマン家の方々のお陰で、私、何の心配もせず勉強に打ち込めます。皆様が守って下さると思うと、私、とても力が湧いてくるんです」

「まあハイジ、嬉しいわね、その言葉。ね、ハイジ、よく聞いてね。あなたは、ほらこんなに逞しく健康で立派な体を持って、その上あなたには、生まれながら清らかで、温かな人を思いやる心がある。これはね、多くの病んだ人、苦しむ人を包み癒《いや》すために使いなさいと、神様が、あなたを特に選んで授けられた能力なの。あなたなら、それ等を使って多くの人たちを救えるだろうと、神様が見込んで託したものなのよ、いい？」

ご病人と思えないような深い諭《さと》しの言葉が、そこにいる全員の頭上に崇高《すうこう》な響きで降り注いでいるかと思うと、突然大奥様が激しく咳《せ》き込まれ、顔が真っ赤になってすぐ真っ青に急変しました。

ハイジは反射的に脈をとり注視してから、直ぐノイマン先生を呼ぶよう小間使いに指示します。クララ様と私も旦那様にお知らせするべく階下へ行きました。

ノイマン医師が駆けつけ、大奥様の呼吸が少し落ち着きました。階下で待っていた私の前へハイジが来て、言いました。

「おばあさまが、ロッテンマイヤー先生にお話ししたいそうで、すぐ行って下さい」

私は急いで階段の上へ行こうとしますが、体中が小刻みに震え足が地につかず、なかなか上へ行けません。ようやく病室のベッド脇へ行きますと、大奥様は眠っている様子で、私は傍の椅子に腰かけました。

「エリカ」

なんと私の名前が大奥様の口から呼ばれたことに驚きました。

「ロッテンマイヤーなんて、長たらしい名前、いやね。エリカ、そう昔から私、あなたを娘みたいに思ってたから、エリカと呼びたかったのよ」

「大奥様、余計なお話はなさらないで下さい、今はただ、お休み下さいまし」

「エリカ、いい、よく聞いて。クララが元気になった時、是非フランツの妻にと私、あなたに勧めたでしょ。だのにあなたったら、強情で頑固で……」

「大奥様、そんな、どうでもいいこと今頃おっしゃらなくても」

「いいえエリカ、聞きなさい。私はあなたの強さ弱さ優しさ、全部心得ています。ほんとに、私たちの所へ来てくれて、よくしてくれて、ありがとう。あなたにこれから後、クララの結婚や出産、フランツのことなんか、全部お願いしなくちゃならないの。息子の妻になってくれたら、私も安心だし、あなたにとっても一番いいことなの。だからあの時、熱心に勧めたのに、あなたはほんとに意固地で、頑固で、偏屈《へんくつ》で……」

最後の言葉が消えたかと思うと表情がピタッと動かなくなったもので、私は跳び上がり、走り、階段を降りたまでは覚えていますが、どうも途中で失神したようです。階下の人たちはもの凄《すご》い音で、大奥様危篤《きとく》の報と人間が転がり落ちてきたのだから大騒動でした。

結局、大奥様はこの日の夕刻、全てを為《な》し終えた満足気な表情で旅立たれたのでした。私はと言いますと、誠に不甲斐《ふがい》ないことに、大往生を見届けもできず、明け方近くまで自室のベッドで眠りこけておりました。

どれほどの時が経ったのか、カーテン越しの薄明かりの中、誰かベッドにもたれ眠っています。ハイジです。深い眠りのようで数回呼んだらやっと気付き、起き上がろうとすると、もの凄い力でハイジが私を押さえつけます。恐い顔で、

「いけません、駄目です。今起きてはいけません」

と、きっぱりした口調で、私は圧倒されました。

「先生、よく聞いて下さい。病人の看護でご自身の体が非常に弱っています。ですから、少なくとも三日間は、徹底的に栄養をとって充分眠ること、これを絶対守って頂きます」

強い口調はもう一人前の医者です。

「大奥様は、どうなさって？」

「はい、おばあさまは、私たちが駆けつけた時、一瞬大きく目を見開き、まるでそこの皆に残らず微笑《ほほえ》みを分け与えるようざっと見渡され、すうっと静かに息をひきとられました」

「そう、逝ってしまわれたのね……」

「お苦しみは全くないようで、丁度お昼寝の坊《ぼう》やのような、無邪気な優しい寝顔で。ノイマン先生は、遅かれ早かれこうなるだろうし、私が見舞った興奮が心臓を疲れさせたかも

しれないが、おばあさまは満足して旅立たれたようだと。ゼーゼマン氏もクララも、覚悟なさっていたそうです。でも、ゼーゼマン氏は怒っておいででしたよ。先生が無茶ばかりするって」

「旦那様は、お母様を亡くされて、悲しみの持って行き場がないから、私に当たっておいでなだけよ。私も家政婦の役を投げ出して気を失うなんて、ほんと、だらしがなくて」

「先生、先生！　それが、その働きすぎがよくないのです。少しはご自分の健康に気をつけなくちゃ、取り返しのつかないことになりますよ、医者の言うことは、聞いて下さい」

「あっ、はい。あっ、そうね、あなたは今、先生だったわね。フフフ」

「えっ、何かおかしいですか？」

「逆でしょ、ほら、昔の私とあなた」

「あっ、そうか、私はいつもお説教される方でした、先生に」

ハイジの顔がほころんで、輝きだした朝日に照らされた頬《ほお》が光ります。

その瞬間、あどけない少女のハイジの顔に戻ったように見え、私は激しい自責の念にかられました。

「ハイジ、あなたには昔、随分つらく当たったわね、ごめんなさい。詫びて済むことじゃないし、私の罪が消えるわけじゃないから、私はずっと一生、自分を戒めていくつもりよ」

若気《わかげ》の至りとは便利な言い訳で、無邪気で奔放な自然児のハイジが理解できず、あの頃の私は未熟で時に残酷でさえありました。生前大奥様は、そこをうまくかわし、私の刃《やいば》をハイジがまともに受けずにすむよう庇《かば》っておいででした。

「先生、そんなにご自分を責めることはありません。私、何とも思ってません。それより、医師の勉強を始めた頃、すごく他の分野に気が散って仕様がなかったんです。動物が好きで獣医の方がよかったかなとか、植物のことも好きでもっともっと知りたい欲求にかられたり……、でもふとその時、先生のことが頭に浮かんだんです。先生の厳しいまでに打ち込んでいらっしゃる姿をね」

「えっ、私の？」

「はい。先生は、子供の教育を一生の仕事としてこられましたよね。これと決めたらよそ見をせずその道を邁進《まいしん》する。私、おばあさまに、医者になるために生まれてきたって言われて、どんなに医者という職業が重たくても、私の使命と決めたら、先生のように迷わず、全身全霊で打ち込むべきなんだって。そうしなければ、選んだ自分を裏切ることになるし、おばあさまや先生にも恥ずかしいって思ったんです」

「ハイジ……」

アルプスの山育ちの、本当に無邪気な少女だった子が、生まれながら持っている癒しの能力を活かし医学を目指したのです。ただ、それだけで努力も精進も葛藤《かっとう》もなければ、せっかくの良い種は実を結ぶ前に枯れ果てます。与えられた能力や環境を土台にして更に前へ進もうという意欲、これはやはり、厳しい自然のアルプスで培《つちか》われた強さからくるもののように私には思われました。


大奥様の葬儀も済み、ハイジはまた忙しく厳しい医学生の生活に戻る日が来ました。ようやく床を離れることができた私は、ハイジの出発を見送りに玄関におりました。ハイジは私を大きな胸にしっかりと抱き、

「ゼーゼマン一家も私も、先生を心から愛しています。だから体を大事にして、また楽しい時をご一緒しましょうね」

と、爽やかに言い残して去っていきました。

（九）

クララ様が健康になられて十年以上経過していました。

本来は子供の家庭教師が私の仕事ですが、クララ様はもう非の打ち所のない大人のレディになっておられましたし、専ら家政婦の業務の毎日でした。それでも私には二大懸案が亡き大奥様から託されており、それが片付くまで屋敷を出ることはできないのでした。


一つ目の懸案はクララ様の結婚問題です。

ところがこれが意外にすんなり決まります。

クララ様の回復した足は日に日に脚力がつき、若さも手伝ってか体の内部から突き動かされるようにエネルギーが湧き出てきます。色々なさった運動の中で、特に乗馬が気に入って、同好のお仲間も増えました。

その中のお一人カール・ボイル様が未来の伴侶《はんりょ》となるお方で、カール様の父上は業界でもトップの銀行家でした。その一人息子さんというわけです。

子供時代のほとんどをベッドと車椅子で過ごされたクララ様は、同年代の子供との接触はハイジ以外皆無《かいむ》です。そんな無菌状態のところへ異性が入り込む……と想像するだけで、私はもう身震いが致しました。

一体どんな悪い虫がお嬢様につくやら気が気ではありません。できることならクララ様と結婚をうんと遠くに隔絶しておきたい。余計なことですが、私自身男性と無縁で今日まで生きて、忌まわしい男女間のトラブルに全く悩まず来ましたことは、本当に幸運だったと思っています。


この私の杞憂《きゆう》が正に杞憂となったのは、お相手のカール様のお人柄で、いつどんな時もクララ様を庇おうとなさる優しい性格です。カール様もクララ様に輪をかけて無菌培養だったのがよかったのでしょう。

ただ一つ、大金持ちで一人っ子のお坊《ぼっ》ちゃまとなると、世間ではどうせ甘っちょろいバカ息子だろうと見做《みな》すものです。そんな心配もありながら、とまれ、恵まれすぎた若いお二人は人も羨《うらや》む花婿花嫁《はなむこはなよめ》でした。

私は婚礼仕度を全面的に任され嬉しいのは当たり前なのですが、一つだけ頭を悩ますことがありました。ドレス類の調達です。

遠い昔、孤児の私を育て、学校まで通わせてくれた叔母に終生忘れぬ恩を感じてはいましたが、叔母は私に、「エリカは働き者」「エリカはしっかり者」と褒めてはくれたものの、私の容姿や顔、着ている服などの外面的なことへ一度も言及したことがありません。綺麗であるとかおしゃれであるとか、女性特有の意識があの叔母には完全に欠落していたとしか思えないのです。当然私もそれ等の価値に全く無頓着で、たかが着る物ごときで何が変わるのか、そんな暇があれば書物の一つでも読んでいたい方でした。

その私がクララ様のお伴で街の布地屋に出向き、ドレスだの帽子だのの見立てをする羽目に陥ったのですから、一番の被害者はクララ様でした。

ところが当のクララ様はさすがに大奥様のお孫さんのことだけあって、私の動揺をさっと見抜き、予《あらかじ》め布や型をちゃんと決めてはそっとさりげなく私に同意だけ求めてこられます。

おかしなもので、そんなやりとりを続けていくうち、最初店内の派手な布地の氾濫《はんらん》にめまいさえ覚えたこの朴念仁《ぼくねんじん》の私が、少しずつ変化してきました。衣服の防寒とか清潔保持とかの役目以外の効用に、思わぬ発見をしました。

いつでしたか、まだ大奥様ご存命のある日、前を歩く私をつくづくと眺めて大奥様が、

「ねえ、ロッテンマイヤーさん、メガネを外して振り返ってごらんなさい」

とおっしゃいます。言われるままに致しますと、そこへ突然クララ様が何やら明るい布束を私にふわりと掛け、にこにこしておられます。

「まあ、ほんとね、クララ。ロッテンマイヤーさんに、ぴったり似合ってるわ、この色」

「そうでしょっ、おばあさま。じゃ、早速、手配しますね」

「ええ、たのみますよ」

メガネを外していて、何のことやら私は狐《きつね》につままれた一瞬の出来事でした。それきりそのことは忘れておりました。

ある布地屋で、最終的な衣裳類の引き取りに私一人参りました折、店主がゼーゼマン家の注文で仕立てたイブニングドレスを是非試着してほしいと申します。例によって不本意

なことと私は全く不承知で拒絶しておりましたら、

「お嬢様のご命令で、先生が試着して下さらないと、私共、大変困ります、お出入り禁止になりかねませんので」

とのこと。目にも鮮やかな珊瑚《さんご》色で光沢のあるそのドレスを身につけて、鏡の前に立った私の、もう爆発しそうな羞恥心《しゅうちしん》に怒りさえ覚えていたその一瞬、映し出された女の姿は、自分でありながら自分でない、何とも弾んだ明るい姿の像となっていました。

大奥様が以前からおっしゃっていました。

「着る物は女にとって、悪く作用すれば、虚栄の元凶にもなるものです。でも、いつも暗い、黒か灰色か色別できない鉄兜《てつかぶと》みたいなものをずっと着ていると、伸びやかで健やかな内面を死滅させてしまいますよ。あなたの隠された美点を、着るものが引き出してくれるなんて、ステキなことだと思わない？」

こんな経緯で、私は生まれて初めてイブニングドレスという、目の覚めるような華やかな衣服を我がものにしたのでした。

フランクフルトでも屈指の名家ゼーゼマンと、資産高トップの銀行家ボイル家の華燭《かしょく》の典は、後々の語り草となるくらいの豪華絢爛《けんらん》なものでした。

名家の令嬢でありながら足が不自由なクララ様を、世間では羨ましさを凌駕《りょうが》した憐《あわ》れみで見ていましたから、奇跡の足の回復とこのたびの結婚で、一夜にして幸せの絶頂に到達した姫君への関心と憧れは相当なものでした。

その二人の結婚式ですから、街中はこの話題に夢中になり、式当日への期待が高まったのは無理もありません。

教会での式を終え馬車で帰る新婚の二人を、人々が口々に祝意を競って投げかけます。まるで小さな国の王侯貴族の結婚行進です。民衆のこれだけの好意に、名家の両家が応《こた》えないでは済みません。両家は財力を惜しみなく発揮し、当時貴重であった砂糖菓子を、全ての民衆に大盤振る舞いしたのです。

（十）

懸案の一つは難なく片付きましたが、旦那様のお相手となると、これは一筋縄《ひとすじなわ》でいくような話ではありません。

私がこちらに勤め始めて二十数年経つ間、旦那様が何日も何ヶ月もご在宅だったという記憶がまるでなく、さほどにいつもいつも海外出張で留守がちです。

旦那様は奥様を早くに亡くされ、海外出張が不可欠なお仕事柄という二つの理由からにしろ、これほど不規則で非家庭的な殿方の奥様は、よほどできた人でないと務まりません。私はあくまで使用人で、旦那様がお帰りの時だけ精一杯お世話させていただきますが、妻という立場なら容易に堪忍《かんにん》できるものではないでしょう。旦那様ご自身も、長年続けてこられた生活パターンはしっかり定着していて、今更変えようという気持ちもなさそうに見えます。

こんな調子ですからめぼしいお相手が出現する気配もなく、無為のうちに月日が過ぎていきました。

とある日の午後、クララ様の舅《しゅうと》である銀行家のボイル氏がひょっこり訪ねてこられ、私を掴まえておっしゃることに、びっくり仰天致しました。こともあろうにこの私が、やもめの旦那様の事実上の妻であるかのような噂が、まことしやかに巷《ちまた》に流れていると言うのです。

私は驚くより旦那様に申し訳がなく、直ちに屋敷を出るとボイル氏に申しました。かねがねボイル氏には、旦那様のお相手を見つけて下さるよう頼んでおいたはずですのに、途方もない悪い噂で大事な縁談を汚すことにでもなってはと、私は身の縮む思いがしました。

ボイル氏は大きなビール腹を重たそうに抱え、どっかりと長椅子に掛けながら、悠揚《ゆうよう》に葉巻煙草《はまきたばこ》を吹かしています。

「ロッテンマイヤーさん、何もそう慌てることはない。あなたは、フランツ君の相手がここへ来てから屋敷を出ればいい。前にも言ったが、相手が見つかりさえすれば、何の問題もないんだ。いやっ、待てよ、相手が屋敷に来たからって、必ずしもあなたは出ることないよ。出たら却《かえ》って、噂が本当だったと証明することにならんかね、えっ、ワハハハ！」

「ボイル様、ご冗談をおっしゃってる場合じゃございませんよ。真剣に誰方か、早く見つけて下さいまし」

「いやとにかく、あなたはこの屋敷の守り神みたいな人だ。どっしりとしてらっしゃい、どっしりと！」

「ボイル様、そんな呑気なことをおっしゃっていないで、早く新しい奥様を、何とか早く」

「いるんだよ、その相手が」

「えっ、ほ、本当でございますか！」

ボイル氏は茶目《ちゃめ》っ気のある方で、大変大事なことをケロッと言って、周りの人間を翻弄《ほんろう》なさいます。でも憎めない良い方です。

肝心《かんじん》のそのお相手は、インゲボルグ・トルテさんといい、フランクフルトでは新興の企業家で、雑貨類を手広く扱うトルテ商会社長の妹御さんということです。一度の結婚歴はあるのですが、金髪で美しく、亡き奥様にどこか似ていらっしゃるらしいです。旦那様が五十歳少し、インゲ様が三十歳少しと、年齢的にも丁度よさそうでした。

「二人を会わせて三日と経たぬのに、なんと、トルテの方が話を進めてくれと言ってきた。

五十過ぎといったって、フランツ君はあの通りの男っぷりで紳士だし、ゼーゼマンという名家なら、決して悪い話じゃないと、トルテの方も思ったんだろうよ」

トントンと話は進み、ボイル氏の尽力で、再婚同士ではありますが、美男美女の見事なカップルが誕生することになりました。

話がそうと決まりますと私は翌日から目の回る忙しさに追われ、お屋敷の外も中も化粧《けしょう》直しの工事職人が入るやら、お披露目《ひろめ》の会の準備にあらゆる手を回さなければなりませんでした。再婚同士とはいってもゼーゼマン家の格式、品格を落とすことなく、やや地味にという、難しい設営が私にのしかかりました。

その一方で、インゲ様のご入居と入れ替わりに退館する私自身の、次なる住居とたつきの道をさぐることも必要です。幸い旦那様から過分に退職金を頂戴しており、下町に小さい店でも持って商売をと考えていました。商売は全くの素人《しろうと》ですが、業種は仕立ても受ける布地屋と決めました。

あの、とんでもなく布地音痴《おんち》の私と対極にある異色な職種を選んだのには、一つの大きな理由がありました。それはマルタという娘の存在です。

マルタは、従僕として長らく働いたセバスチャンの孫娘で、ほんの子供の頃から服の仕立屋にお針子《はりこ》として働いていました。両親を早くに亡くし、祖父を頼ってフランクフルトへ出てきてから一人で頑張り、今はもう一人前の縫子となっていました。この娘が私の新しい布地屋に是非とも必要な人材だったのです。

マルタは手先が器用な上に目端《めはし》のきく利口者《りこうもの》で、性格は祖父譲りで優しいときています。セバスチャンを通じてよく知っていましたが、マルタの方でも、ゼーゼマンの家政婦として完璧に近い私という人間を評価していてくれたのでしょう。店を手伝ってほしい旨を伝えますと、即座に受けてくれたのです。

あらゆる準備も整って、いよいよ明日に披露宴を迎えるとなった夜、私は使用人全員に何度も何度も念入りに、段取りや礼儀作法を確認させました。

このお屋敷での最後の仕事でもありましたが、新しい女主人のインゲ様に初日から、何一つ恥をかかせてはいけないという点に拘泥《こだわ》っておりました。それはひいては旦那様のおためになることでもありますので、心を込めて働きました。

下町の、まだ店の体《てい》もなしていない我が家へ帰りついたのは、明け方でした。

（十一）

披露宴の日の夕刻、私は生まれて初めて、それも鮮やかな珊瑚色の例のイヴニングドレスに身を包み、ゼーゼマン家大ホールにいました。屋敷の使用人ではなく招待客として、全く落ち着かない思いで立っていました。

亡き大奥様とクララ様のご厚意で出来上がったドレスを、私はタンスの中の一番奥に恐れ多い思いでずっとしまっておいたのです。一度も着ないことを申し訳なく思いながらも、やはり自分とは無縁のものという感しかありませんでした。

そんな私の心の中までちゃんと見通していたのは、クララ様でした。旦那様の新しいおめでたい門出《かどで》に、是非あのドレスで出席し、祝ってあげてと懇願されてしまいました。

このやわらかで滑《なめ》らかな美しいはずの絹ものが、この夜の私には鉄の鎧以上に重くて固い甲冑《かっちゅう》のように感じられました。硬直したように立ってホールを見ているうち、私は無意識に壁際の方へ歩み寄って、いつの間にか室内のあちこちに目を配り始めました。お客様お一人お一人が機嫌よく飲食しておいでだろうか、はたまた使用人たちが粗相《そそう》をしてはいないだろうかと、すっかり家政婦に戻って、自分が正装した招待客の一人であることを忘れ去っておりました。

やがて宴がお開きに近づき、客の一組二組が帰り始めました。玄関へ見送りのため揃って出ていた旦那様と奥様がホール入り口まで戻ってこられたのと、私が帰るのが同時になり、今日一度も正式にご挨拶していないのでお声をかけました。

「旦那様、奥様、本日は誠におめでとうございます」

インゲ様は私と気づかれ、一瞬だけ小首をかしげて返礼なさり、さっさと奥へ進まれましたが、旦那様はじっと立ってキョトンとしておられます。

「あのっ、旦那様、あの」

「えっ、誰方でしたか、えっ、あっロッテンマイヤーさんかい、えっ」

素《す》っ頓狂《とんきょう》なお声がホールに響き渡り、とっさに私もどうすればよいか固まっておりますと、クララ様が異変に驚いて駆け寄ってこられました。

「お父様、どうなさったの、ご気分でも悪いの」

ほんの僅かだけ呆然となさっていましたが、旦那様は忽《たちま》ち本来の完璧な紳士に立ち戻られました。

「いやぁ、失礼。失礼したね、ロッテンマイヤーさん。日頃見馴れたいつものあなたじゃないもので、見間違えてしまったよ。とんだ失礼をして、許してくれ給《たま》え」

「いいえ、旦那様。私の方こそ、このようなおめでたい場に、本当に場違いな者が参りまして、さぞお目障《めざわ》りでございましょう。お許し下さい。直ぐ失礼致しますので」

この私の言葉に旦那様はきっと目をきつく見開かれ、おっしゃいました。

「何を言うんです。目障りであるはずがない。あなたは今夜から、立派な我が家の客人だ。堂々としていればいいいんだ」

「そうよ、先生は、今日から布地屋さんの、立派な女主人で、うちの大事なお客様よ。いやだ、お父さまが変な声を出されるから、びっくりしたじゃありませんか。先生、そのドレス、すごくお似合いで、とってもステキ」

クララ様がおっしゃいます。

父と娘四つの温かな眼差しが私に注がれ、束《つか》の間《ま》夢見心地でおりました。ほんの少し前

そんな折、一つの訃報《ふほう》が入りました。

銀行家ボイル氏の死去です。

資産家らしからぬさばけたお人柄で、私のような者へも隔《へだ》てなく公平に接して下さる立派な方でした。かねて秘かに心配しておりましたのは、あの大きなビール腹です。血圧も相当高かったらしく、本当に惜しい方の急逝《きゅうせい》でございました。

後を継がれるカール様は一人息子で、絵に描いたようなお坊ちゃまで好人物、あの莫大な資産は誰の目にも荷が重そうでした。その奥様であるクララ様もボイル氏急逝は大変な試練と思われますが、単なるお金持ちのお嬢様ではなく、利発でしっかりなさっていて、財に溺《おぼ》れるはずは絶対にないと信じたい気持ちで一杯でした。身贔屓《みびいき》は承知で、クララ様はきっと立派にカール様を支えられるだろうと楽観しておりました。

商売はお金のやりくりの巧拙《こうせつ》に負うところが多く、私も開業当初から銀行での融資如何《いかん》で成否が決められると学びました。ですから銀行へ足繁く通ってつき合いを途切れさせぬよう努力しておりました。

その当時からボイル銀行の信用度は絶大で、準備資金の潤沢《じゅんたく》さは群を抜いておりました。今度のボイル氏死去でその屋台骨が揺らぐなど、ユメにもあり得ないというのが世間の評でした。

ところがいつどこから起きたのか、ボイル銀行に取り付け騒ぎがあるという噂がチラホラ出て、あれよあれよという短期間にどんどん広がって、何ということか破産寸前などという事態になっていました。

あのカール様は大勢の債券者に連日責め立てられ、窮地《きゅうち》に陥っておられるのですが、この私に一体何ができましょう、ただ傍観するしかありません。

世の中には、傑物《けつぶつ》の先代が築いた財産を暗愚なギャンブル狂いの二代目がすっかり喰い潰すような話がよくあります。しかしカール様は暗愚《あんぐ》でもギャンブル好きでもありませんが、惜しむらくはあまりに世間知らずのお坊ちゃまでした。人を騙《だま》すより騙されるお定まりの展開で、ほとんどの財産を債務に充《あ》てても足りず、たどれる伝手《つて》はどんな遠方でも出向いて金策に奔走されていたようです。


その日も所用でクララ様とお二人で遠くの知人を訪れての帰り道でした。夜の郊外の道を馬車での帰途の際、お疲れで手綱捌《たづなさば》きを誤ったか、または馬が何かの獣に驚いて嘶《いなな》き、突如後ろ足で立った拍子に馬車は屹立《きつりつ》、乗っていたお二人は飛び上がって直ぐさま地面に叩きつけられ、即死でした。

こんな悲しいことがあっていいのでしょうか。私は絶望の奈落へ突き落とされ、もうほとんど死んでいました。食べるにも眠るにも意欲というものが湧かず、ただ頭の周りに死の触手を感じて自分も手を差しのべていました。

「エリカ様、エリカ様、もう、いい加減になさいませ！」

伏せっている私の顔の上に、鬼の如き形相のマルタが迫って言うのです。

「一体、何なんですか、このざまは！　エリカ様ともあろう方が、こんな体たらくで。お悲しみはようくわかります。でも、その大切なクララ様に代わって、なさらなきゃいけないことが、あるでしょっ！　まさか、放り出してしまうおつもりですか！」

ゼーゼマン家で新しく料理長として働いていたヨックは、マルタの遠縁に当たる人物で、マルタは昔から「ヨック兄」と呼んで頼りにしていました。そのヨックが、クララ様の遺児の小さなお嬢ちゃまの気の毒な様子を、マルタに知らせてきたのです。

「お嬢ちゃまは、ようやくお立ちができるくらいの幼さで、インゲ奥様は乳母に任せきり、お顔を見に来られもしないそうですよ」

マルタの目には涙が溢れ、今にもこぼれそうな様子で話すのです。

おそらく旦那様は、小さなお嬢ちゃまをボイル家から引き取り面倒を見るおつもりでしょうが、男の身でどう赤ちゃんを庇い守ることができるでしょう。出産経験のないインゲ様に多くは求められないでしょうし、旦那様の心中お察しするに余りある状況でした。

マルタがあれほど怒って私を詰《なじ》るのも当然なのですが、屋敷を出たアカの他人の私でしかも元使用人が、インゲ奥様を相手に小言など言えるわけがありません。

（十三）

度重《たびかさ》なるボイル家の悲劇に対し、街の人々は余所事《よそごと》の、時に会話を盛り上げる好材料として この話題を愉しむ風すら私には見えましたが、人の噂も何とやら、折から冷たい風が吹くのと同時に、噂話の火種は消えかけていました。

雪や氷に混じって冬の気配が一段と色濃くなり、店の前の通りに人の姿が見えない日は、無聊《ぶりょう》をかこつこともありました。営業上は好ましくなくても、白いものがチラチラする窓辺に座り、思いがけないこの静けさと安らぎに、身を委《ゆだ》ねる余裕がありがたかったりします。

そんな時は決まって、アルプスでの出来事や、幼かったクララ様、ハイジ、そうそうペーターというぶっきらぼうな少年がいたことなどを、懐かしく思い出すのです。当時私も若かったし、本当に皆があどけない子供だったことが、ことさら愛おしく思えてきます。

窓外の雪混じりの風が更に強さを増して吹雪《ふぶき》に変わりそうなので、今日は早仕舞いにしましょうとマルタと閉店の準備を始めた時、バタンと大きな音がして、雪塗《ゆきまみ》れの大きな影が戸口に立ちました。

「先生、お久しぶりです」

なんと、ハイジです。

「まあぁ、ハイジ、なの！」

大柄な娘は私の前に立ちはだかったかと思う間もなく、ガバッと抱きつき、笑顔だった頬に猛然と大量の涙が流れ出しました。

「…………」

私たち二人の間に言葉は必要ないのです。共通の悲嘆が互いを求め、涙でぐしょぐしょになって抱き合いました。

「さあさ、お二人共、椅子におかけになって、少し落ち着いて下さいまし」

号泣《ごうきゅう》する二人を驚いて眺めていたマルタは、ハイジのことは大凡《おおよそ》知っていますから事情は直ぐ飲み込んだようです。

ハイジはこの数年前、既にスイスで正式に医者の資格を得、今は大きな病院に勤務医として働いていました。貧しい羊飼いのおじいさんは、孫娘がちゃんと医者になったのを見届け、それを成就させてくれたゼーゼマン家の人々への深い感謝を伝え、先年亡くなったそうです。

もとよりハイジも、旦那様や大奥様、クララ様との繋がりは家族以上と感じ、片時も忘れてはおりません。その大切な人々の身に降りかかった不幸に、どれほど悲しみ痛ましい思いをしたことか。一刻も早く駆けつけ力になろうにも、人の生命を預かる医者の身で動きがとれず、つい遅くなってしまったのでした。

とりあえず私に会って詳しい状況を聞くべく来たのですが、私には為す術《すべ》がなく、ハイジは出端《でばな》をくじかれがっかりしてしまいました。

「ゼーゼマンさんは、いつご在宅なんでしょうねえ。是非お会いして、クララのベビーのことをご相談しなければ」

珍しく暗い表情のハイジです。

横で聞いていたマルタが、

「ようございます。私、これからヨック兄に会って、旦那様のご都合を伺《うかが》って参ります」

と、言い終わらぬうちからもう外套に袖を通し、外用の長靴に履き替えています。

「でも、ひどい吹雪になりそうだわ。今夜出かけるのは危険よ」

見かねて止めようとするハイジに、

「平気です。私も小さいお嬢ちゃまのことが心配でたまりませんから」

と言って辻馬車を呼び、マルタは力強い足どりで出かけていきました。

「セバスチャンのお孫さんですってね。先生、しっかりした、いい娘さんですね」

ハイジもマルタが気に入った様子でした。


マルタが雪の中を交渉に行ってくれたお陰で、翌日お屋敷へ伺う約束がとりつけられ、朝、ハイジを送り出そうとしますと、ハイジが言いました。

「先生、先生も一緒に行って下さらないと。あれだけ心配なさっているんですから、是非、ご自分の目でしっかりご覧になって、私と一緒にベビーを助けてあげましょうよ」

傍でマルタも強く頷いています。

ハイジという人は、体が大きいだけではなく、言葉や声に何かしら人を元気にさせる力が備わっているようです。私もお腹に少し力が入ってくるようで、思いきって行動したくなってきました。

インゲ様のお披露目の会以来、久しくお屋敷へは行っておりませんでしたから、石造りの建物の前まで来ますと、やはり何かしら緊張して足がすくみます。

豪壮な建物は、その威容《いよう》が醸《かも》し出す揺るぎなさとは別に、どこか冷徹で無機質なものが人の心を強張《こわば》らせます。当然その中で長年住み続けていると、知らぬ間に意固地になりはしないだろうか、などとも思います。粗末で小さな私の今の住居が、不思議に身になじむのは、あるいはそんなことが理由かもしれません。

幼い頃から今日まで、ハイジは境遇の激変と大変動をもたらしたゼーゼマン一家が住んだこの建物の前に立ち、その感じるところが格別だろうと推察するのですが、扉の前で、しかしハイジは眉《まゆ》一本動かさず、平然としています。

下僕の案内で建物に入り客間で待っておりますと、時をおかずご両人が出てこられ、気のせいか旦那様は少しおやつれの様子でした。それでも私たちを見ると表情がパッと明るくなりました。

「ハイジ、よく来てくれたね、嬉しいよ。おや、また背が伸びたのかい」

お悲しみの中ですのに、やはり紳士の嗜《たしな》みはお忘れなく、軽い冗談を投げられます。

「ゼーゼマンさん、いくらなんでも、私、三十過ぎのおばさんです。増えたのは胴回りの肉ばっかりですよ」

おどけてハイジも笑いながら応じます。

「ロッテンマイヤーさん、久しぶりだね。元気そうで何よりだ」

傍らでインゲ様が無表情でチラッと私をご覧でしたが、私はいつも通り恭しく申します。

「旦那様、奥様、このたびは、ご愁傷《しゅうしょう》さまなことで、お悼《いた》み申し上げます」

遜《へりくだ》った私の態度に満足されたのか、奥様はほんの少し頷かれました。

ハイジはそんなインゲ様の存在を全く意に介していないのか、いきなり本題に入ります。

「ゼーゼマンさん、もしお許しいただけるなら、私に、クララのベビーを預けて下さいませんか」

いきなり凄い話がとび出して、旦那様は唖然《あぜん》となさっています。

「親友のクララが可愛《かわい》がった、とても大事なベビーです。天国へ行ってからもきっと、心配で心配でならないだろうと思います。クララのためにも、勿論《もちろん》ベビーのためにも、私、是非ベビーの世話をさせてほしいんです」

「ハイジ、あまりに急な話で驚いたよ」

驚いている旦那様へ、ハイジが続けます。

「お祖父《じい》様のお許しが出れば、私、明日にもスイスへ帰り、ベビーをアルプスの良い空気の下で育てられるよう、準備したいんです」

「ア、ア、アルプスですって！」

インゲ様の一オクターブ高い声が響きます。


クララ様とハイジの、語り尽くせぬ長い物語を、インゲ様はどの程度ご存じかわかりません。ただ、ここにいるインゲ様以外の三人には、ハイジのこの提案は、幼い子に今できる最良の対処法だと充分理解できました。

「妻は、驚いて混乱しているようだから、少し話し合う必要があるようだ」

（十四）

「ゼーゼマンさん、奥様とのお話し合いをなさる間、私たち、ベビーに会ってきてもいいでしょうか」

　ハイジが言いました。

　興奮気味のインゲ様を優しく椅子に導いて、穏やかな微笑をたたえた旦那様は、既《すで》にもう心を決めておいでのように見えました。

「そうだね。三階の元のクララの部屋に乳母《うぼ》といるから、会ってやっておくれ、ハイジ」

　お二人の話の内容は大凡見当がつきます。この方法がインゲ様にとって、つまり出産、子育ての経験がない女性にとって、どんなに気が楽か。更には男性のお祖父様としても、何より心痛を軽くし安心をもたらすことになるか。そこら辺の事情を噛み砕いてインゲ様を説得なさるであろうと、容易に想像できるのでした。

昔を思い出す三階のクララ様の部屋の中は、柔らかな壁紙や家具調度類で設《しつら》えられてありました。

私たちが入っていくと、床の上のマットにちょこんとお座りになった小さなお嬢ちゃまは、真ん丸い眼を見開いて凝視し、泣きだされるかと思いきや、意外に両手を差し出して「抱っこ」を求められました。

ハイジは逞しい腕でさっとベビーを抱き上げ、太陽のような笑顔でお嬢ちゃまを見つめます。

私たちの来訪と、ベビーとの関係など予め聞かされている乳母は、それとなく二人を観察しながら、ベビーの体質、性格、食べものの好みなどを説明してくれました。

「うーん、クララやゼーゼマンさんに似てるのは当然だけど、やっぱり、おばあさまに一番近いかな、この優しい顔立ちは。ねっ、先生」

ハイジの指摘通り、一目見た時から私は懐かしさに強くひかれました。大奥様のやわらかな微笑の幼子《おさなご》版でした。

嬉しくて仕様がないようにハイジはベビーを抱いて、部屋の中をくるくる回り、高くかかげてはキャッキャッと笑わせています。

「そうそう、お名前は何でしたか」

乳母が、エリザベスが正式なのだが、皆さんリジーとお呼びですと申しました。

「こんにちは、リジー。私、ハイジよ、よろしくね」

「あっうんうん」

花びらのようなピンク色の小さな手をハイジの頬にピタピタ当て、両の足をピンピンさせて、早くも初対面のハイジに好意を持たれた様子です。

あの萎えて極端に細かったクララ様の両足と比べて、リジー様の何とも張りきって健康そのものの足の力強いこと、すっかり感動してしまいました。

「先生、また泣いてらっしゃるの。でもほんと、良かった、クララの子がこんなに元気で。ほら、この足、すぐにも歩きそうにしっかりしてますよ」

ベビーと同じくらい心の無垢なハイジとリジー様は、会って数分もしないうちにもう、心が通じ合っているようでした。

「インゲともよく話し合って、ハイジにしばらくリジーを任せることにしたよ。何より、ハイジがお医者であるのが心強い。就《つ》いてはロッテンマイヤーさん、誠に勝手なお願いだが、あなたも一緒にスイスへ行って、リジーがある程度成長するまで、養育に協力してもらえないか。子供を扱うのに慣れた人とお医者がいてくれれば、鬼に金棒だ。どうだい、引き受けてくれるかい」

私の心は早くから決まっていました。

「願ってもないことです。喜んでリジー様のお世話、させていただきます」

私の言葉に、インゲ様が思いがけず反応なさりました。

「頼んだわよ、よろしくね」

ああ、インゲ様もやはり小さいお嬢ちゃまのことを気にかけておられたのかと、僅かにほころんだお顔を見て、私は新たな勇気が湧いて参りました。

最後に旦那様は、いつも通りの行き届いた心配りを下さいました。

「あなたの店のことは、何でも相談に乗るつもりだから、気の済むようにして下さい」

別れ際の晴れ晴れ《はればれ》とした旦那様の表情を見て、帰途のハイジと私の心も軽やかでした。

早速次の日、諸準備のため急いでハイジはスイスへ帰りました。残る難題にしかし、私はなかなか手をつけられません。それはマルタの処遇でした。

毎日機嫌よく針を動かし客の応対に励んでいる姿を横目に、言いだせぬまま何日かが経ちました。夕方の店仕舞いを終える頃、マルタが言いました。

「エリカ様、今晩から、始めましょう」

「えっ、何を」

「帳簿づけですよ。商売で一番肝心なお金の出し入れの帳簿づけ、それを今晩から、私に特訓して下さいまし」

「………」

「この店を畳《たた》むことも、私をよその店へ紹介する心配もなさらなくていいんです。私は、エリカ様のお留守の間、しっかりお店を守っていきたいんです。ですから、商売のやり方全て、銀行との交渉の仕方、そんなものを教えて下されば、私、頑張って守って、いつお戻りになっても大丈夫なように……」

私はマルタを掻《か》き抱《いだ》きました。

「マルタ、あなたって人は、なんて……」

「あっ、それと、私を補佐してくれるお針子を一人、雇って下さるとありがたいです」

なんて気配りのある、気持ちの優しい、正直で頼もしい娘なんだろうと、マルタを思いきり抱きしめました。

「マルタ、ありがとうね。ああ、セバスチャン、ほんとに素晴らしい宝物を、私に残してくれたのね、ありがとう！」

マルタもひしと抱き返してきました。

「私、小さなお嬢ちゃまが、本当にお可哀相《かわいそう》で。エリカ様やハイジさんが、お嬢ちゃまを守ってあげることになって、とても嬉しいです。子供を淋しい目に遭《あ》わせちゃいけません。子供は、愛して愛して、可愛がってやらなくちゃぁ……」

祖父のセバスチャンが何度か、幼いマルタをお屋敷の台所へ連れてきては、食事をさせている姿は見ていました。祖父の愛なくして育たなかったでしょうが、親のないマルタは、拭《ぬぐ》いきれない淋しさを子供心に深く刻んでいたのでしょう。

「泣かないでマルタ。よおくわかっているわ。あなたの優しい思いやりがあるから、リジー様のお世話を私もできるんだし、あなたの分まで、リジー様をお幸せにしてあげるって、約束するわ」

「エリカ様……」

いつもは気丈な娘ですが、こんなに涙を流して私にすがりついてくるのを見て、今更のように今日までのマルタの頑張りが、本当に至難のことであったのがわかります。愛しさが泉の如く湧き出て、私たちは実の母娘のように、いつまでも抱き合っていました。

（十五）

ハイジが勤める病院の近くに一軒家を借り、スイスでの三人の生活が始まりました。

年齢構成という面では、母、娘、孫と何の違和感もない家族構成ですが、実際はリジー様が幼くとも私の主人で私は使用人です。私自身は不満も不自由もなく、毎日楽しく子育てに励んでいましたが、ハイジには内心釈然としないものがあったようです。

「リジーもだんだん成長してきて、ものがわかってきます。先生がいつまでも〝リジー様〟と主人扱いなさるのは、如何《いかが》なものでしょう。私と同じ目線でリジーに接した方が、いいと思うんですけど」

と言うのです。ハイジの言い分もわかります。ただ、長年旦那様、大奥様、クララ様と使用人として仕えてきた習慣は、そう簡単に改められはしません。ハイジと私とでは、元々リジー様への立ち位置が違うのですから。

こういう懸念がハイジの中に起きてくるのは、リジー様とハイジの関係が何かしら曖昧《あいまい》模糊《もこ》としていて、内部矛盾《むじゅん》をきたしているからだろうと推察されます。

「ねえ、ハイジ。リジー様をこれから先もずっとあなたが育てていくなら、あなたはリジー様の第一保護者、つまり母親ということになるわね。勿論、これは旦那様のご意向をまず伺ってからのことで、こっちで勝手に決めることじゃないけど、もし母親になる覚悟があるなら、養子という結論もあり得るわね」

養子の二文字を聞いてハイジは一瞬弾かれたように私を見つめ、目を見張ってしばらく動きません。自分が人の子の親になるという明らかな現実に、衝撃を受けたのでしょう。

「先生、私、リジーの母親になれるでしょうか」

と言うハイジの真剣な、少し涙ぐんだ瞳に、この娘の本質を見たような気がしました。

ハイジの座る椅子へ並んで掛け、私は大きく豊かで温かい背中をゆっくり撫でました。

「アルプスの元気娘ハイジ。あなたは、寝る間も惜しんで勉強し、より良いお医者を目指しているわね。そして、クララ様の遺児をひきとって育てている。そして更に、その子の母親になることを考えている。このうちの一つだって満足にやれない人の方が多いのに、あなたは三つもやろうとしている。そっ、本当のところ、この全部をやれると断言なんてできないわ、あなたにだって。でもね、あなたは、心の中にあるものをいつも少しも疑わないで生きてきた。その、自分を信じることが力になって、あなた自身を支えてきているの。人の親になるという生半可《なまはんか》な気持ちではできないことを、誠実に真剣に考えるからこそ、不安にもなる。ね、あのリジー様。大奥様始め旦那様、クララ様とカール様、ボイル家のお祖父様、こんなにたくさんの、素晴らしい方々の血を、一身に受け継いでいらっしゃるリジー様が、血縁のない養母のあなたに育てられ成長なさった時、何も感じないわけないでしょ。何も見返りを期待すると言うのじゃないのよ、あなた独りで頑張って何かをするのは、誰かに評価してほしいからじゃなく、信じていることのために努力するわけでしょ。そしていつか、自分が納得するまでやったと思えたら、どういう結果であれ、何も後悔することも恥じることもないじゃない。あなたはこれまで通り、やっていけばいいのよ。あなたの心の温かさが、この先もきっと力強く支えてくれるわ」

「先生、私、いいんですね、今まで通りで」

ハイジ本来の快活さが戻っていました。

「ええ、ええ、いいのよ、ハイジ」

リジー様の成長は日に日に進んで、ハイジとの疑似《ぎじ》母子の関係を早くすっきりさせた方が良いのは明らかでした。

意を決し、ゼーゼマン家へこの旨をお話しし結着をつけるべく、私は旦那様に手紙を出しました。直ぐ返事のくる話でないのは承知していましたが、ドイツから何の音沙汰もなく、その年も暮れかけていました。

この年の冬は殊《こと》の外《ほか》寒さが厳しく、クリスマス前からひどい吹雪の連続でした。

（十六）

クリスマスイブのその日は特別冷え、三人とも風邪をひかないよう早目に家へ入り、暖《だん》炉《ろ》にかじりついていました。リジー様はクリスマスを前から楽しみになさり、サンタクロースの来訪を信じて疑わないしっかり者の五歳児でした。

夕食を準備しようとハイジが台所におり、私が靴下を暖炉にぶら下げようとなさるリジー様を助けておりました時、入り口のドアに鈍いノック音がしました。雪粒が吹き込んできたそこに、雪塗れの人物が立っています。お髭《ひげ》まで真っ白の男性が、ガハハハと大声で笑いましたから、三人とも、それがサンタクロースと思ったものです。

「ワッ、おじいさま、おじいさまでしょっ！」

甲高《かんだか》いリジー様の声で、家中パッと真昼の明るさになりました。リジー様は狭い家の中を走り回り、

「サンタのおじいさま、おじいさまのサンタさん、ワーイ、ワーイ、サンタさんがうちへ来てくれた、ワーイ！」

もう嬉しさが止まらない様子です。私も嬉しくてつい大声で言ってしまいました。

「旦那様、さっ、早く暖炉の傍へ！」

ハイジは大急ぎでストーブに鍋をかけ、お得意のチーズ料理にとりかかります。

「いやぁ、うまい具合に、この日ここへ来られるよう調整するのが、大変だったよ」

大変とおっしゃるわりに旦那様は満面の笑顔です。リジー様が「早く早く」と荷解《にほど》きをせかされるのさえ愛おしそうにご覧になりながら、一つ一つの品物の説明をなさいます。それに応えいちいち可愛い笑顔で、リジー様は頷《うなず》いていらっしゃいます。ぼうぼうとしたお髭は予想外で驚きましたが、前屈《まえかが》みでリジー様に話しかけられる背中は、前にも増して骨張ったように私には見えました。


楽しいおしゃべりとおいしいチーズ料理、それに山のようなお土産《みやげ》に満足なさって、リジー様は先にベッドに就かれました。ドア越しに、ハイジのゆったりした子守唄が洩《も》れてきます。

「ロッテンマイヤーさん、知っての通り私と妻の間に子はいない。クララ亡き後、ゼーゼマンを継ぐ人間はリジーしかいない。だが私は、もう後継者にこだわりは持たないことにした。リジーにとって一番幸せな環境、そこがあの子の家庭だし、リジーを愛してくれる人がいればそれがあの子の親、即《すなわ》ち母親だよ。そう考えると、あなたの提案は至極適切で、ハイジさえ承知なら、私は全く異論ないよ」

私の聞くことではないので敢《あ》えて黙っておりますと、旦那様は即座にお察しでした。

「妻も、養子の件に異論はないよ。私の死後、相続等の話になった時、面倒な障害がなくなるから、却って歓迎してるんじゃないだろうか」

いつものようにお言葉と表情は穏やかで粛然となさっておいでですが、言下に並々ならぬお悲しみと落胆を秘しておられるのが、私には痛いほどわかりました。

ゼーゼマン家とリジー様がこれで絶縁となるわけではありませんが、血を分けた可愛い孫と一つ屋根に住まず、一介《いっかい》の女医の養子となる道を与えられたこの決断は、何よりリジー様の心の飢餓《きが》を救いたい、お祖父様の苦渋《くじゅう》の選択だったのでしょう。

「そういう次第だから、ハイジ、リジーを自分の子として育ててくれるかい。私も生命《いのち》のある限り、君の援助はさせてもらうよ」

旦那様の言葉はもうきっぱりしていました。

さっきから私たちの話を聞き、既に覚悟を固めていたハイジですが、旦那様の心の奥の深いお悲しみに気付き、充分思いを致しているに違いありません。真っ直ぐ旦那様を見つめ、一語一語噛《か》みしめるように申しました。

「ゼーゼマンさん、そして先生。大事な友のクララが遺《のこ》した子を、まさか自分の子として育てることになるなんて、嬉しくって有難くて幸せで、ほんと夢のようです。私の方がお礼を言いたいくらいです。リジーが大きくなってゼーゼマンに戻りたくなったら、いつでも私はお返ししたいと思います。ただ、私と親子の関係で暮らす間、リジーが幸せだと思ってくれるよう精一杯リジーを愛し、育てていきます」

旦那様はしっかりとハイジの手を握り、感謝の眼差しでご覧です。ハイジは清々《すがすが》しい笑顔でそれに応えるのでした。


その夜、旦那様は初めてこの狭い民家の一室に泊まられました。寝室から、とても深い眠りを思わせる寝息が聞こえ、養子の件が結着したことの安堵《あんど》のせいかと思えます。

翌日は一面銀世界で、眩しい太陽の輝くクリスマスの朝でした。でもお医者のハイジに休暇などありませんから、いつものように元気に出勤していきました。

お祖父様がいらっしゃるのと、お土産の楽しいオモチャ類が嬉しいリジー様は、大声を張り上げて朝から動き回っておられます。その賑やかさに全く動じず、旦那様はたっぷり昼近くまでお休みになり、ようやくランチでお目覚めです。早くも夕方にはフランスへお仕事で行かれるとあって、寸暇《すんか》を惜しんでリジー様のお相手をなさいました。

「ロッテンマイヤーさん、あなたに無理ばかりさせて済まない。店の方は大丈夫かい」

セバスチャンの孫娘マルタの八面六臂《はちめんろっぴ》の活躍ぶりを申しますと、楽しそうにお聞きで、

「店は心配ないとして、でもあなたの住むべき所はフランクフルトだ。リジーの成長を見届けたら、必ず帰ってくれ給え」

「はい。私も、ハイジが名実共にリジー様の母親になるためにも、時期のよいところで帰ろうと思っております」

日が暮れる前に出発するよと、別れ際、長いことリジー様を抱きしめてから、旦那様は帰っていかれました。

その後ろ姿を見送っていて、ふいに涙が溢れました。決してお幸せではなさそうな旦那

様をその背にありありと感じ、慰めも助けもできない我の無力さを、腹立たしくさえ思いました。

（十七）

世の中の近代化の波が既に各方面に押し寄せている時代でした。運搬手段をライン川の船上便に頼っていた商人たちは、新興の輸送手段に切り換えなければ、この先の生き残りは望めません。フランクフルトでも、鉄道や自動車輸送が次第に商人たちに取り入れられ、効率という点で水運は明らかに遅れた手段となっていきました。

ゼーゼマン家はそんな中、頑固に船便に固執して、時代の趨勢《すうせい》を読み違えていました。商売の規模が縮小されることに抵抗することすら、長年の誇りが許さないのではないかと、商人仲間の嘲笑《ちょうしょう》の的となりました。

そんな中で、意外なところに伏兵がいたようで、奥様のインゲ様がいち早く行動しました。といいますのも、かねがね新しいもの好きのご性格は、エンジンで動く自動車にすっかり魅了されてしまわれたのです。長らく屋敷の馬車を扱っていた御者《ぎょしゃ》や馬丁《ばてい》を直ぐさま

解雇し、自動車と運転手がとって代わりました。それに乗ってほとんど毎日、嬉々《きき》として
お出かけということです。
かつて海外出張で専らお留守の旦那様の代わりに、インゲ様がいつもお留守という立場の逆転です。屋敷に止《とど》まっているだけではなく、旦那様は商売の情熱までも失ってしまわれたのではないかと、ヨックや使用人たちが心配するほどでした。

一方スイスでは、リジー様の成長がめざましく、丁度ハイジがクララ様と出会った年恰《としかっ》好《こう》に相当していました。

間もなく長い夏休みに入るという頃、リジー様がフランクフルトのお祖父様に会いたい意向なので、二人して帰ってくるとのことでした。私も長らくリジー様に会っていませんので、夏休みの来訪が大変楽しみです。

六月の良い季節になり、この地方の住人は、この時季何でもないことにも浮き立つ気持ちの良さを持っています。夕刻などは特に香《かぐわ》しい花の香を含む涼風に、体中吹かれます。

パカパカと蹄《ひづめ》の音も爽やかに店の前に馬車が止まります。ちょっと早いけれど、スイスから愛らしいお客様が到着したとの嬉しい知らせがお屋敷から届いたのだと待っています

と、顔見知りの小間使いが真っ青な顔で店内へ走り込んできました。

「だ、旦那様が、大変なことに、お倒れになりました。ヨック料理長はお医者様を、私はロッテンマイヤーさんとマルタさんを、お連れするようにと」

とんでもない知らせに私は店の前の馬車に跳び乗り、マルタと小間使いが後に続きました。

道中、インゲ様は例の通りお留守で、旦那様はミュラー何がしと商談中、突然お倒れになったという話です。驚いたことにそのミュラー何がしが、旦那様の様子は急を要し、しかも絶対安静の発作のようだからと言うのです。自分が主人の傍に付いているから一刻も早く医者を呼ぶよう、指示なさったらしいのです。

お屋敷に着いて客間を見ますと既に医者が来ており、ソファに横になっている旦那様に処置をしておりました。旦那様は尋常でない大鼾《おおいびき》で最早《もはや》、見慣れたいつものお姿ではありません。私は錯乱状態になって何か叫んだようですが、直ぐ気を失ってしまいました。

どうやら脳の出血があって危険な状態なのに、処置が早く、下手《へた》にゆすったり動かさなかったのが幸運で、明朝直ちに病院で治療すれば命はとりとめられるということでした。

当然のように私は今晩寝ずに看病するつもりで、マルタに店へ帰るように言いますと、医者は烈火《れっか》の如く怒りました。

「あなたはたった今失神して鎮静剤の世話になったばかりなのに、何を無茶なこと言ってるんだ。もっと自分の体を大事になさい」

そして若くて元気なマルタや小間使いに看病を命じました。

「旦那様のことは、俺たちがお世話しますから、ロッテンマイヤーさん、安心してお任せ下さい」

マルタから話は聞いてヨックのことは何となく知ったつもりでしたが、会って言葉を交わすのは初めてです。見かけは武骨《ぶこつ》そうですが、声は思いがけず穏やかで優しいのです。

「そう、ヨックさん、マルタに力を貸してやってね。ありがとう、とても助かるわ」

ようやくほっとして帰途につこうと何気なく部屋の隅を見ると、静かに見守っている一人の男性が、私に目礼《もくれい》しました。この方が機転をきかせてテキパキ屋敷の者たちに指示してくれた当人とわかり、私は是非にもお礼をと近寄りました。

「本当に、ありがとうございました」

「先生、私をお忘れですか。ミュラー家の次男、悪戯坊主の片割れ、ジルベルト・ミュラーです。お久しゅうございます」

その紳士が言いました。

「えっ、何です、ジルベルト？　ジルベルト・ミュラー、ミュラー家って、あっ、あの悪がき……、あっ失礼、当時皆がそう呼んでいたもので。ええっ、あのジルベルトですって」

「そう、そうです。その悪がきのハンスとジルの、そのジルベルトですよ」

「ええっ、本当に、あのジル！　まっ、でもどうしてそのジルがここにいるの。ミュラーなんてよくある苗字だし、あなた、昔の面影《おもかげ》がまるでないじゃない、へええ、ジル……」

つくづく目の前の人物を上から下まで眺めました。

「まあ、立派な殿方になったのねえ……」

私の記憶では、兄のハンスの方が幾分見かけがよく知能が高かったのに比べ、弟の方はよくぞここまで粗暴で愚劣で、服装も汚れ放題で、正直あまり近寄りたくない文字通りのいゝ悪ガキだったのです。それがなんと、当時の片鱗全く窺《うかが》えず、堂々として凛々《りり》しくさえあるのです。

「驚いたわね、あの子が、こんなに変貌《へんぼう》するなんて……、ところでハンスは、元気なの」

「はい、ミュラー兄弟商会の要《かなめ》として、父の跡を継ぎ、元気でやっています」

「えっ、ミュラー兄弟商会って、今をときめく不動産会社の、あのミュラー？　あなたたちの会社だったの！」

「あの時先生に、読み書き計算、人との接し方、その他諸々《もろもろ》、お教えいただいたからこそ、今の私たちがあります。先生に出会っていなかったら、今頃私たち兄弟、どんなことになっていたやら……」

家庭教師のほとんど全てに見放され、箸《はし》にも棒《ぼう》にもかからない無知蒙昧の粗暴な兄弟が頼る、たった一つの砦《とりで》が私だったようです。

その荒くれ兄弟が今、世間で名経営者ともてはやされる不動産会社のトップになろうなど、当時の惨澹《さんたん》たる状況下で誰が予想できたでしょう。私自身、悪ガキ兄弟の放つ毒矢に刺され続け、もう一歩で力尽きるところでした。

ジルベルトは父親が晩年、旦那様と酷似《こくじ》した症状で突然倒れた時、うろたえ驚くあまり父親を力一杯揺り動かし、必死で介抱したことが裏目に出て、結局死なせてしまったので、あの夜、とにかく誰も病人に手をかけないよう傍で厳重に見張っていようと決めました。

昔話をするにはあまりに混乱した状況なのは二人共承知していますから、夜も更けていたので、また、時を改めて再会を約し別れました。それにしても、肝心のゼーゼマン夫人は、この時間一体どこにおられるのかと、私は、普通でない旦那様とインゲ様の関係がとても気になりました。まさかこの時の不安が的中するとは思いませんでしたが、気の重い帰途でした。

（十八）

あの騒動から二ヶ月ほど経ち、旦那様は皮肉なことに、昔のクララ様と同じ車椅子生活が始まりました。屋敷内を人に押されて移動なさるお姿は、考えるだけでおいたわしいことですが、それを逐一《ちくいち》ヨックが知らせてくれました。

旦那様の場合、脳の運動機能を司る箇所が不全とはなりましたが、何より発作時の対処が安静第一に徹し、病状を最悪まで進ませなかったのがよかったようです。

回復には脳に絶《た》え間《ま》ない刺激を与え、機能を目覚めさせることが肝心で、それにはまず、ご本人の意欲を自ら起こさないことには始まりません。ヨックや小間使いの見る範囲では、インゲ様はちゃんと旦那様のお世話をなさっているらしく、私はほっと胸を撫で下ろしました。

悲しい出来事がたて続けて起き、ご自身が不自由な体になってしまわれても、奥様のインゲ様がおいでです。支えてくれる人がいることが、今の旦那様にとってどんなに力強いことだろうかと、私は旦那様の再婚がこの時ほどよかったと思えたことはありません。

布地屋の運営は、ろくに商売に身を入れない主人の私の代理で、マルタが懸命に働いてくれていました。

マルタの作る服は、少々布地の質が落ちたものでも、仕立ての技術が高級品のように見せてくれると、専らマルタ目当ての客が少しずつ増えていました。新しく雇った縫子《ぬいこ》も役に立っていて、お屋敷の様子をひととき忘れて仕事に専念できました。

スイスのリジー様もそろそろ夏休みの時季に入る頃で、フランクフルトへ帰ってこられる予定でしたが、今回の旦那様のご病気ではそれも日延《ひの》べになることでしょう。待ち焦がれておいでの旦那様とリジー様のお気持ちを思うと、せつない気が致します。

そんな折、珍しくお屋敷から使いの者が来て、なるべく早く来るようにと言うのです。さてはスイスからの嬉しい来客の到来かと、私はうきうきと出かけていきました。

通された客間で待つ間、夏だというのに部屋の設えが冬のままで、屋敷中静まり返って冷え冷えしています。ハイジたちが帰っていそうな華やいだ空気のカケラも感じません。

しばらくすると、インゲ様が押す形で旦那様の車椅子が現れました。反射的に私は立ち上がって会釈し、旦那様を見て目を疑いました。頬がげっそりし、暗くて弱々しい視線が下向きに注がれているのです。それに比してインゲ様は、顔といわず体といわず、全体から匂うように輝かしい美しさです。

すると旦那様が、かつて聞いたこともない低い弱々しい、しかも少しつかえるような切《き》れ切《ぎ》れの声で話されました。

「ロッテンマイヤーさん、今日は、その……忙しい中、中を、わざ、わざきてくれて……」

まだ全部終わらないうちにインゲ様がさっと遮《さえぎ》られました。

「フランツ、フランツは、近頃話すのが遅くてじれったいので、私が代わりに言います。いい、よく聞いて。回りくどい話は時間の無駄だから、はっきり言います。私たち、離婚します」

「……」

「就いては、あなたに、フランツの身の回りの世話を頼みたいの。家政婦としてね。勿論、あなたの店は続けていいの。世話といったって四六時中じゃないわ、赤ン坊じゃないんだから。私はもうこの家の人間じゃなくなるから、家の中の全てはあなたの好きにしていいわ。この家の一切を承知しているあなたが、彼の世話をするのが一番いいと思うの。どう、承知してくれる？」

一気にまくしたてる美しいインゲ様の口もとが、次第に歪《ゆが》んで見えます。甲斐甲斐しく旦那様のお世話をなさっているとばかり思っておりましたのに、抱いていた印象が突如崩れてきました。

直ぐにお返事をと焦るものの、旦那様のお気持ちが痛ましすぎて、涙をこらえるのがやっとでした。

「あの……あまりに突然で、驚いてしまいました。あの、私も年をとりまして、昔のように充分なお世話ができかねますが、それでもよいと、旦那様さえおよろしければ、喜んでお世話させていただきます」

「そっ、それは結構。色々と準備もそれなりにあるだろうから、なるべく早く来てね。一週間したら私はここを出ます。いいわね」

言うべきことは終わったと、私からサッと視線を外し、インゲ様はあらぬ方を見ておられます。用は済んだからもう帰れということなのだと、旦那様にご挨拶して館を辞しました。

固い石畳の道で辻馬車を拾い、さして遠くない下町の自宅へ帰途につきました。頭と胸の混乱とざわつきを鎮《しず》めるには程よい距離です。

いいえ、混乱などはないのです。旦那様のお世話をすることに、一点の迷いもありません。ただ、インゲ様のお言葉は、一つ一つ簡潔で要を得ているだけに、恐ろしく鋭利で冷たく、心にグサグサ刺さりました。あの刃が旦那様の胸にも容赦なく刺し込まれたのでしょう。美しい人の、研《と》ぎ澄まされた剣の凄味に体が凍りつきました。

たった一つ、心にひっかかる難問がありました。マルタです。リジー様の時にあれだけマルタを苦しめたのに、今また彼女に災難を被《かぶ》せる結果に、ほとほと行き詰まってしまいました。

（十九）

人の運命とは時として予想外の方向へ行くのですね。私は再び家政婦としてゼーゼマン家に仕え始めたのです。ヨックや小間使いは喜んで私を迎えてくれましたし、懸案のマルタの件は、信じられない形で丸く納まりました。

それはそうで、主人の私が他のことにかまけている間、マルタはいっぱしの経営者に成長して、私がいなくても店はマルタ一人で充分回っていました。その上、マルタが言うのです。

「エリカ様、お屋敷でお疲れになったら、いつでも休みに帰っておいでなさいまし。ここは、エリカ様のお家なんですもの」

どちらが年上で主人かわからないほど、器《うつわ》の大きな頼もしい娘です。

マルタはお屋敷へもちょくちょく顔を見せ、旦那様や私の簡単な用事を気安く引き受けてくれました。素直で優しく働き者マルタを、旦那様も可愛がっておいででした。

旦那様の足の機能は、歩行訓練をすることこそ回復への早道で、是非ともこれを励行するようにと医師からしつこく言われていました。けれど若くもなく非力な女の私ではとても役に立たず、屈強な若者の介助人を新聞広告で捜そうと段取りをしていましたところ、ニックという青年が屋敷にやってきました。これは本来、ゼーゼマン家との商取引が主たる目的のミュラー家の弟、ジルベルト・ミュラーが、商売そっちのけで、今必要な人材を適確に選んで差し向けてくれた人物でした。

いたって無口な青年ですが、旦那様の肩や腕を持つ動作が手慣れて、はしばしに思いやりが滲み出るのです。ポツリポツリと私に話した身の上話を聞いて、若いのに忍耐強く優しく接することの源流が何なのか見えてきました。

ニックは捨て児《すご》だったらしく、年老いた夫婦が不憫に思って彼を育てたのです。赤の他人の児を愛し育ててくれたことを、ニックは老いた二人の最後の日まで、十二分に看病することで恩に報いると誓ったそうです。たまたまこの老夫婦の土地管理を任されていたミュラー家のジルが、旦那様に必要な介護要員として、ニックを見出し送り込んでくれたのでした。

ニックは、晴れた日は木洩《こも》れ陽の中庭で、雨天の場合は広い屋敷内のいたる所で、気長に律儀《りちぎ》に旦那様の歩行と、足腰の鍛練を助けました。懇切な介助人の努力で、夏休みに帰ってこられるリジー様と旦那様の再会が、信じられない回復状況で実現することになったのです。


今日はそのリジー様帰館の日で、朝から旦那様は落ち着かない様子です。

「どうだいこの服、派手でおかしくないかい」

大病の後少しお痩せになり、その他諸々の心労で幾分険《けわ》しいお顔にはおなりですが、元々端正で品のよい紳士の旦那様は、何をお召しになっても完璧に近いお姿です。寸法の合う服がなく、マルタに頼んで調達してもらった夏用のスーツで、孫娘との再会を待ち構えておいでなのです。

「いいえ、ちっとも。とてもよくお似合いで、ステキなお祖父様ぶりでございます」

「いやぁ、マルタの選んだ服は、本当にセンスがいい。あの娘《こ》の審美眼は絶対だねっ」

「お祖父さま、ただ今、リジーです」

玄関で若々しい声がして、夏の息吹《いぶき》と華やかな空気を全身にまとった娘さんが現れました。

「やっ、これは、そっくりじゃないか、少女の頃のクララと」

私もアッと息をのみました。クララ様が今ここに生き返って立っておられるかのようです。

後からゆっくり大股で近付いたハイジは、もうどこから見ても貫録のある立派な女医さんであり、温かで豊かな笑顔の優しいお母さんにもなっていました。

「ゼーゼマンさんも先生も、きっとそうおっしゃると思ってました。私は毎日、大好きなクララといつも一緒にいられるんですもの、こんな幸せなことありません」

リジー様をハイジに託すとお決めになった時、旦那様は随分つらい思いをなさったでしょうが、それが決して誤った選択でなかったことを、このハイジの言葉が証明しています。旦那様の心からの安堵を、その微笑から見てとれました。

ハイジとリジー様を迎え、久しぶりに賑やかになったゼーゼマン家に、この後、考えられない画期的な出来事が起きようとしていました。リジー様の夏休みが終わるので、二人の滞在している間に、旦那様の快気祝《かいきいわ》いの宴《うたげ》を開こうというのです。数々の苦難を乗り越え、危機的だった脳の炎症による後遺症も次第に軽快に向かって、旦那様は、世話になった多くの人々へ謝意を表したいと思われたのです。

特に、突然人事不省になった自分を、献身的に適確に助け支えてくれた使用人も含めた全ての人たちに、この思いを伝える必要があるとの意向でした。

そこへ間髪をいれず、ハイジが大胆な提案をしたのです。

つまりその祝賀の席へ、当然主賓《しゅひん》といえる名士や地位のあるお客様と全く同じ食卓に、この家の使用人たちを一緒につかせようというものです。

これには私も驚きました。旦那様を世間の笑いものにするわけにはいきません。一笑に付されるだろうと思いましたが、意外に、

「ハイジ、いやちょっと驚いたが、うん、考えてみれば、あの混乱した、私の突発的で危険な有り様を見た人たちは、とっさの時、自分は地位がある、自分は金持ちだ、はたまた自分はしがない料理人だ、小間使いだなどと、一瞬でもそんなこと考えもせず、私を助けたい一心で動いて下さった。その一瞬の人の気持ちに、身分の上下も貴賤《きせん》もない。そうだよ！　ハイジの言う通り、皆同じ食卓を囲み、同じ気持ちで私の快気を祝って下さるのだ

から、何の異論があろう、寧ろ、そうすることの方が自然だよ」

何かが吹っ切れたような、旦那様の清々しいお顔が、眩しいほど輝いていました。


いよいよ、問題の宴の当日になりました。

この型破りな集《つど》いに少なからず戸惑いを示したのは、主賓となるミュラー兄弟や医者ではなく、使用人たちの方でした。

宴が始まったのに、この晩餐《ばんさん》のためにありったけ腕をふるった料理長のヨックが、そもそも遠慮と気後《きおく》れでコチコチになっていました。つられて他の者は誰一人、席につこうとしませんでした。

その様子を見ていたハイジが、もう黙っていられないとばかり、広間の中央に進み出ました。

「皆様、本日は、フランツ・ゼーゼマン氏の快気を、本当によかった、おめでたいという、たった一つ、ぴったり同一の気持ちを持ち寄って、お集まり下さいました。自分の今の立場がどうとかこうとか、そんなものは今この場では何の関係もないことです。会場の皆様が氏を祝う気持ちを一つにして、さっ、皆様、『ゼーゼマンさん、おめでとう』と声を一つに、お祝い申し上げましょう。乾杯！」

大きい体からほとばしり出た力強く温かなハイジの言葉に、どこからともなく拍手と歓声があがり、見事な演説を祝福することになりました。

旦那様はハイジの言葉を受けて、おっしゃいました。

「私の危機を救って下さった、この場の全ての方々に、心からのお礼を申し上げたい。本当にありがとう！」

この夜の旦那様を見ていて思いましたのは、以前より少し身分や階級について、柔軟な考え方をなさり始めたのではないかということです。

最愛のクララ様を亡くされ、可愛い孫を手放す苦渋の決断があり、おまけにご自身の病気から車椅子生活、インゲ様の離反と、短期間に次々襲ってきた苦難に対し、どれほど耐え難い思いを経験なさったか知れません。その中から、苦しい立場の自分を取りまく人間の繋がりにも色々あって、金や地位や名誉に寄らない部分にこそ、真の人間本来の絆《きずな》があるのではないかとお考えになったのでしょう。

あの前代未聞の破天荒な宴会を催された噂は、古臭い仕来《しきた》りがまかり通っていた世間の恰好のエサとなりましたが、旦那様はその批判を一顧だになさいませんでした。

旦那様の心の中に、旧《ふる》い殻《から》を破って、潔く階級意識と決別しようとする密かな衝動が芽生えたのです。

（二十）

世間の古臭い批判がどうであれ、あの夜の会は、主賓の方々も多くの使用人たちも、意外なほど和気あいあいで楽しんだ模様です。ミュラー兄弟もお医者様も、その他の名士の方々は皆、旦那様の革新的なお気持ちにさして抵抗もなさらず、寧ろ寛いでいらっしゃいました。ヨックや小間使い、下僕や運転士やニック、それにマルタも加わったこの一団は、やはり節度というものを充分心得ていましたから、主賓の皆様を不快にさせるはずもなく、却ってその慎ましさが旦那様の主人としてのお人柄を反映して、好ましくさえありました。

そんな宴の席で、ハイジが言いました。

「ゼーゼマンさん、後で少しお話があります」

ハイジが旦那様に何かの相談事をしたいらしい様子でしたので、私はリジー様を寝室までお送りしがてら、少しの間お相手することにしました。

血縁の関係がなくとも、ハイジという母親に育てられるリジー様は、まるで昔のハイジと同じ様に屈託なく、大らかな娘さんに成長なさっています。それでも次第に年頃になって、養育する立場で色々難しいこともあるのでしょう。リジー様とパーティの面白い場面などを思い出して、時間を潰《つぶ》しておりました。

客間では、まだお酒の酔いが残って足許の定まらない旦那様を、ハイジが助けるように椅子に導いていました。リハビリの成果は確実に出ていましたが、アルコールのために幾分逆戻りの覚束《おぼつか》なさがありました。

「何だい、ハイジ、話したいことって」

深刻な話でないのはハイジの笑顔でわかったので、旦那様も朗らかに対しておられました。

「ゼーゼマンさん、私のような若輩が口出しするのは失礼と承知で、一つ申し上げたいことがあります」

「おっと、顔つきがやけに真面目になってきたね、恐いね」

いつものように旦那様は少しおどけておっしゃいました。

宴の余韻《よいん》で旦那様はまだ少しほろ酔い状態で、ハイジが何を言いだすのか予想もつきません。

「一体、いつまで放ったらかしになさるおつもりですか？」

「えっ、何のことだい」

「ロッテンマイヤー先生ですよ。あの方の善意と愛情の上に胡坐《あぐら》をかいて、いつまでも甘えているのは許せません。一刻も早く、先生を、ゼーゼマンさんの奥様にするならする、しないならしないと、はっきりさせるべきです」

旦那様は内心、やれやれその話かいとうんざりなさいました。ハイジに言われるまでもなく、これまで幾度となくこの件に心を悩ませてこられたからです。

「リジーをハイジの養子にという話が出た時にね、どうも恥晒しなことなんだが、インゲが私より私の財産により執着を持っていることが判明した。私より若いインゲは、当然私の遺産を相続するつもりだから、リジーを他所へ養子に出すのは、大歓迎なんだよ。私の商売に陰りが見え始めると、もうあからさまに離婚をほのめかしてきた。そこでようやく私も、財産や商売の権益やらを整理する必要性を痛感し、家の売却とロッテンマイヤー先生の処遇なんかを決めようと、ミュラー氏と相談を始めた矢先、あの騒ぎになり、話は立ち消えになってしまったんだよ」

「じゃ、先生には、まだ何もお話しにはなってないのですね」

「いや、以前、私の妻にと望んだのだが」

「えっ、それで先生のお返事は何と」

「それが、使用人としてなら死ぬまででも仕えるが、妻としてではあり得ないと」

「まさか、先生がゼーゼマンさんをお嫌いだということですか」

「いや、そうじゃない。もうずっと昔から、彼女の私への気持ちは、揺るぎないものだ。これは確信がある。ただ一つ、これが一番の問題で、私にも理解できない点なのだが、あの人の深層心理には、何か男性恐怖症のようなものがあって、結婚はおろか恋愛さえ忌避《きひ》させる衝動が根底にあるのじゃないかと、彼女自身が分析している」

「はあ……」

およそハイジのこれまでの人生では起こり得ない、人間の心底に潜む邪悪な欲望や衝動を含んだトラブルに、さすがのハイジも戸惑いました。

アルプスの山暮らしで様々な自然災害や事故、病人と対峙《たいじ》して発生する原因不明の症例に翻弄され苦しんだ経験はあっても、男と女のモメ事や修羅場《しゅらば》にとんと縁はなく、どう対処すればよいのか全く見当がつきません。

「でも私には、先生もゼーゼマンさんも、互いに心の中に強い信頼を相手に持っておられるように思えます。人間関係で最も重要なこの点が揺るぎないなら、先生の男性不信という傷も、時間をかければよくなっていくのじゃありませんか。主従関係なんて変な立場のままでいくのは、いかにも不自然ですよ」

「そりゃそうなんだが。あの全てに渡って慧眼《けいがん》の母が、何度もロッテンマイヤーさんに私との結婚を勧めたんだが、あの岩の如き頑固さで、拒み通した。いやその一徹さは並大抵じゃないと、母も苦笑いしていた」

そうでした。亡き大奥様に噛んで含めるように結婚を勧奨されたことがありましたが、私は自分の中に澱《おり》のように溜まる怨念《おんねん》に、自身も長い年月捕らわれ続けていることをどうすることもできなかったのです。

ハイジは少しの間何かを考えていたようで、ただ事態の打開に効果的というほど名案でないだけに、自信なさ気にボソリと言いました。

「スイスで、四人みんなで暮らすのです。そう、それがいいわ」

つまりハイジの提案は、旦那様がリジー様とスイスで一緒に暮らすとなれば、いまだ少し不安な旦那様を案じ、私ロッテンマイヤーは案外一緒に付いて来はしまいか。古臭い柵《しがらみ》に縛られたフランクフルトでは、いつまで経っても主人と使用人の関係のままだが、スイスでなら、二人が夫婦となっても、昔を誰も知らないのだから、けっこううまくいく。そして、私ロッテンマイヤーを心の底から愛し妻にしたいと旦那様が思っているなら、今こそはっきり意思表示し、結婚へ踏み切るべきだと、ハイジは言うのでした。旦那様がこの時、どんな顔で聞いていたのかと、私はハイジの物怖《ものお》じしない様子を思い描きながら、妙におかしくなりました。

（二十二）

リジー様とハイジは、新学期が始まるのでスイスへ帰りました。

ハイジの残していった妙案は、旦那様の重い腰を上げるにはいささか子供染みていたのか、その後も何の変化もみられませんでした。

秋風が心地よく吹く頃には、ニックの介添えが益々功を奏し、夜でもお一人で過ごされる日が増えました。

そうなると私も寄る年波のせいか、お屋敷の冷え冷えした居室で夜を過ごすより、マルタと狭いながらも暖かい我が家で眠りたいと、無性に思います。家政婦の仕事を完璧にやり遂げたのは若さと体力の横溢していた頃の私であって、今となっては、主従関係から解かれた我が家での休息に限りない安らぎを感じます。旦那様のお障りのない日など、夕方には自宅へ帰ることもしばしばでした。

旦那様の御用が極端に減ったのはニックで、その頃からニックが私の店へマルタを訪ねてくることが再三でした。マルタとニック、若い二人が互いに惹《ひ》かれ合って将来を共にしたいと私に相談してきた時、私は我が娘の慶び事に有頂天《うちょうてん》になりました。

彼等のささやかな結婚式は二、三日前に済んでいて、その夜、屋敷の使用人仲間を私の店へ招待し、ごく内輪で披露の宴を持つ予定になっていました。ゼーゼマン家や他の上流家庭でなら、男女の婚礼儀式は念入りで豪華で時日も必要ですが、我々庶民は実にあっさり簡単なものです。

「そんな事情でございますので、誠にご不自由でございましょうが、今夜は屋敷の者ほとんどが留守に致します。旦那様も近頃はお身回りのことが随分おできになりますし、運転手だけ屋敷におりますが、構いませんでしょうか」

旦那様を一人にすることが今夜初めてではない上に、私のお屋敷離れの傾向が少しずつ増えているのは、旦那様も承知のことです。私の申し出に旦那様は、

「大丈夫だよ。ニックとマルタのめでたい日だ。皆で盛大に祝ってやりなさい」

と屈託ないお返事でした。

久しぶりの嬉しい祝い事で、私も昼間から浮き足立っていました。旦那様の体調は本当にこのところ善《よ》くなっていましたし、可愛いマルタの新しい門出を、自宅へ帰りゆったりした気持ちで祝ってやれるのが何より嬉しく楽しみなのでした。

旦那様はがらんとした屋敷の書斎で、いつものように読書をなさっていました。一つを読み終え、別のを書棚から取り出そうとして、一段だけ棚板が突き出ているのに気付かずそれを掴もうとしたとたん、ドサッと棚ごと重い数冊が落ちました。とっさに自分でも驚くほど素早く跳びのいて、危うく重い本を両足で受けずに済んだのです。

「ニック、ニック！」

思わず叫んでおられました。傍に誰もいないのを忘れ、たった今起きた事故に信じられない機敏さで対処できたことを、直ぐニックに報《しら》せるおつもりだったのです。

といいますのも、常々ニックがくどいほど言っておりました。

「足首と脹《ふく》ら脛《はぎ》、それと太股《ふともも》、そこいらをよく鍛えておかれると、いざという時、素早く動けてケガをしません。ですから旦那様、どうか面倒がらず、毎日曲げ伸ばしなさって下さいまし」

ニックの進言に渋々従っておられたのが、今夜、ふりかかった災難をその助言のお陰で見事免《まぬが》れたのですから、感激の余りの叫びだったのです。

しかしその時、だだっ広く冷え冷えした石造りの屋敷から、猫の子一匹駆け出てくるわけもなく、もの凄く重苦しい魔もののような寂寥《せきりょう》感が、旦那様の背中へ覆いかぶさってきたのです。

椅子に深々と身を沈め、旦那様はしみじみ来《こ》し方行《かたい》く末《すえ》を考え始めました。この時、体の奥の奥で絶えずある一つの思いが今も変わらず続いていることがわかりました。旦那様自身も以前から気にしていたことであり、今やっとその実体が明らかになりました。同時にいつかハイジが言っていた「スイスで四人一緒に暮らす」という話が、無理なく重なって、聞いた時は戯言《ざれごと》のように思われたものが、たった今、自分の今後はそれ以外ではあり得ないと確信するに至ったのです。

翌日から、旦那様は行動を開始されました。快気祝いの宴席でミュラー兄弟と会っておきながら、屋敷売却の件を有耶無耶《うやむや》にしていたのを急遽《きゅうきょ》進められ、兄弟の訪問が実現することになりました。

それを聞いて私は矢《や》も盾《たて》もたまらず、昔話したさに是非同席をと願いました。

（二十二）

「ハイジさんでしたね、あの女医さん。いやぁ、実に興味深い女性ですね。我々も多くの従業員を抱える役目上、彼女のように、柔軟な頭で従業員たちの気持ちを考えてやらなくちゃいけないと、気付かされました。弟も私も、すっかりハイジさんのファンになりましたよ」

ミュラー兄弟はこの前の祝宴で知ったハイジがよほど印象的だったのか、客間へ入るなりこの話題で盛り上がっていました。

「ハイジがまだ八歳か九歳くらいの年齢で私たちの所へ来たんですが、もう既にその頃から、あの子は神が我々に授けて下さった宝物じゃないかと思えるほど、特別な何かを持つ子でしたね」

旦那様はリジー様の養母となったハイジが、今や実の娘のように思われるのでしょう、にこやかにクララ様との関わりから、奇跡の回復に至るまでのハイジのこれまでを話されました。

ひとしきりハイジ譚《たん》に花が咲いた後、旦那様は本来の話題に入ろうと兄弟二人を交互に見つめ、話そうとなさいましたところ、兄のハンスが静かに片手で制す素振《そぶ》りをしました。

そして徐《おもむ》ろに旦那様と私を見やり、話を始めました。

「ジルベルトからこちらの売却の件を聞いた時、つくづく人の縁《えにし》の不思議さを感じました。我々は幼い頃、母を早くに亡くし、父は金儲けに必死で我々を放任し、我々はもう手のつけられない悪童でした。そんな時、まだうら若いロッテンマイヤー先生と出会ったんです。我々とさほど年の違わない、しかも女だてらに家庭教師だなんてしゃらくさいと、思いつく限りの嫌がらせをしてやろうと、むちゃくちゃに反抗したんです。だが先生は、今思いますと本当に捨て身で、無知蒙昧な兄弟を、無学の淵から救い出そうとして下さった。親父《おやじ》でさえ我々には匙《さじ》を投げていましたのに、人が生きていく上で必要な物質と同等か、それ以上に、学問や教養がいかに必要不可欠なものか、命がけで教えて下さったんです。今、こうして我々兄弟が、世間で何とか一人前の人間と認めてもらえるのは、命の恩人ともいえる先生のお陰なんです。その大恩ある先生に、こんなに遅くなってしまいましたが、心からのお礼とお詫びを申し上げたいと思います」

兄の言葉を引き継いで、今度はジルベルトが話し始めました。

「取引のあった雑貨商のトルテが、うまくすれば、名家の豪壮な屋敷と、貿易商の権益までごっそり手に入るから、一枚加わらないかと言ってきたんです。少し話が胡散臭《うさんくさ》いので、とりあえずこちら様と直接会ってからと参上しましたら、案の定、トルテのやり方は道義的に許されないものとわかりました。そのやりとりの途中、あの発作でした。私の父も似たような発作を起こし、慌てた私は若気の至りから、乱暴に父を揺り動かすわ、抱き上げて走り回るわで、結局父を死なせてしまったんです。それがあったもので、ご主人を誰かが動かしたりしないよう、絶対しっかり見張らなければと思いました。そしたらそこへ、何と、ロッテンマイヤー先生がいらした！　私はもう、驚きで口がきけませんでした。お懐かしいやら、昔の件で猛烈に恥ずかしいやら、穴があったら入りたかった！」

ハハハッと豪快に笑って、ハンスが続けます。

「大恩ある先生にゆかりのあるゼーゼマンさんの屋敷の売却という、いくら時代の流れとはいえ伝統ある名家ですから、ここは我々兄弟が是非何とかして差し上げようと、弟と相談致しました。赤の他人が買い取って荒っぽく壊されるなら、せめて我々がもらい受け、大事に使わせていただこうかと思いました。従業員の皆さん全員は勿論、内装や家具調度の全てをそのままひっくるめて、全部我々がお引き受けしたいと思うのですが、いかがでしょうか」

目の前で堂々と、しかも慎み深さもある、威厳と品格も備わった説得力あるしゃべり方のハンス・ミュラーの全てに、私は身震いするほどの感動でただ見とれておりました。この二人の紳士が、あのすさまじく荒れ狂って収拾のつかなかった悪童だったとは、どうしても信じられませんでした。

旦那様も思いは同じなのでしょう。しばらくの沈黙の後、微笑しながら口を開かれました。

「私が不覚にも発作で倒れました時、ジルベルトさんの親身で機敏且つ適切な処置がもしなかったら、多分今、ここにはいなかったでしょう。単に商談で来合わせただけの客人が、相手が突然倒れたとしても、さっさと引き上げて帰られても何の咎《とが》もありません。なのにご親切に家の者たちを指図し、適切に対応して下さったお陰で、私は命拾いできました。そのような立派なご兄弟を、何とこのロッテンマイヤーさんが昔、家庭教師としてお教えしたなんて……。いやぁ全く、ハンスさんのおっしゃる通り、人の縁、繋がりというものの不可思議なこと、素晴らしさ、本当にただ感動の他ありません」

旦那様の熱い眼差しはしっかりと兄弟との握手で伝わります。屋敷の売却の件を宜しく頼みますとおっしゃってから、改めてという風に、ゆっくりと私の方へ向き直られました。

「ロッテンマイヤー、いや、エリカ。あなたが私たち家族のところへ来てくれたのは、随分昔のことだったね。ここへ来る前のあなたのことは、ほとんど知らなかったよ、長い間。でも、あなたが厳しい環境で逞しく生きてきたことや、クララを始め、母や私やリジーのために、懸命に尽くしてくれたことだけでも、充分に凄い人だと感心していたが、今ミュラーさんたちの話を聞いて、一体この人はどこまで大した人物なのかと、驚いてしまったよ」

何か言おうと身構えるのを旦那様は直ぐ察し、黙って聞きなさいと眼で私を制止なさいました。

「うら若く、自分自身も生きるのに精一杯な女一人の身でありながら、人を教育することに信念と愛情を持ち続けられる人、そんな人はめったにいるもんじゃない。そりゃ、ハイジのように、天性の能力があって、人の和を作り出せる人ならそれも可能だろうけど、エリカは凡人だ。だがその凡人が努力に努力を重ね、人を幸せにするために身を粉《こ》にして人と人を結びつけようとすることがどれだけ至難のことか。そういう人は往々にして我が身を顧《かえり》みない。だからこれまであなたは、一体何度卒倒したか知れない。それほど無茶なことをする人だが、私はそんなエリカを、心から尊敬するよ。そして今また一つ、新たな素晴らしい贈り物をあなたからもらった。ミュラーさんご兄弟という、こんなステキな人たちと私を結びつけてくれたあなたという人は、何て素晴らしい女性なんだ。

長い間、一体私はエリカのどこを見ていたんだろう。そう、随分昔だが、クララが歩けるとなって養育が終了した時、あなたは暇を出されると思いこみ、私と母に噛みついてきた。あの時母も私も、思ってもいないことを言いだされすっかり慌て、引き止めるのに必死だった。あの時のエリカは、瀕死《ひんし》の兵士が崖《がけ》っ縁《ぷち》で銃を構えるような悲壮感一杯の姿だったが、あの時気付くべきだった。お互いを最も必要としているということをね」

「旦那様、そんな大昔のことをおっしゃらないで下さい、お客様の前で恥ずかしい……」

「エリカ、もうやめよう、その〝旦那様〟は！　私とあなたは、そういう関係に慣れすぎ、ついつい自分にとってやるべきことを二の次にしてきた。その怠慢《たいまん》が互いの人生を浪費させ無駄にしたんだ。ハイジが言うように、我々は暗黙のうちに、互いの信頼を拠《よ》り所《どころ》に今日まで生きてきた。それなら、これから残りの人生は迷わず、二人一緒に大事に生きようじゃないか。確かに我々は最初、主従の関係だった。全く別の環境や立場でずっと平行線のように歩んできた。それぞれの歴史があって交わることなど考えられないというのが、今までだったが、見てごらんよ。時代や世の中はどんどん変わって未知の方向へ進みつつある。いつまでも古い仕来りにこだわっていちゃあ、人間に進歩はない。そう思い始めたら、まず自分自身の体に貼りついている古い殻を破り捨て、身軽に屈託なく生きなくちゃと思ったんだ。母がいつも言っていただろう、エリカ。あなたも長年着ている鉄鎧を、いい加減ここらで脱いだらどうだ。そして、私と新しい時代を共に生きていこうよ！」

今までの旦那様と違う、優しさに加えてえも言われぬ温かみが伝わり、じわじわ私の体を包み始めました。

「旦那様……」

「フランツだ、私の名前は、フランツだよ」

「フランツ……」

「そう、エリカとフランツ。どうだい、いい響きだろ！」

「そうですよ、我々兄弟、悪ガキハンスとジルみたいに！」

「まっ、ミュラーさん、もう悪ガキなんかじゃありませんよ。見事に成人された、偉大なご兄弟です」

「それもこれも、先生のお陰です」

兄弟の感謝の眼差しに守られて、本当に完全に、私も鎧を脱ぐことができそうです。


（了）

著者プロフィール

大塚 智恵子（おおつか ちえこ）

1943年生まれ。京都府出身。大阪府在住。
同志社大学文学部卒業。
〈著書〉
『E. ロッテンマイヤーの回想』（田村ルリ名義、新風舎、2004年）

ハイジをいじめた人

2019年 6 月15日　初版第 1 刷発行

著　者　大塚 智恵子
発行者　瓜谷 綱延
発行所　株式会社文芸社
〒160-0022　東京都新宿区新宿1－10－1
電話　03-5369-3060（代表）
03-5369-2299（販売）

印刷所　株式会社フクイン

ISBN978-4-286-20598-4